Ralf-Peter Nungäßer

Facetten des Lebens

Auf der Suche nach Bedeutung

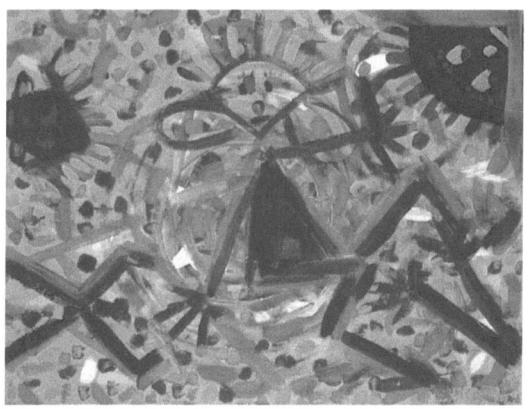

Für all jene,
die spüren,
dass das Leben
vielseitig ist.

Inhalt

Facettenreichtum

Der Autor
Impressum

Herstellung und Verlag:
BoD - Books on Demand, Norderstedt
ISBN 978-3-7526-0665-2

MIX
Papier aus verantwortungsvollen Quellen
Paper from responsible sources
FSC
www.fsc.org
FSC® C105338

Vorwort

„Facetten des Lebens – Auf der Suche nach Bedeutung" ist ein Buch, das eine Sammlung unabhängiger Texte beinhaltet, die sich allesamt mit Themen befassen, die nach dem Lebenssinn suchen, oder zumindest den Lebenssinn versuchen zu erfassen. Dabei stellt sich natürlich die Frage, ob es so etwas wie den „Sinn des Lebens" überhaupt gibt. Was macht denn schon Sinn? Zumindest alles, was mit den Sinnen erfahrbar ist und auch darüber hinaus, was einen durch die Sinne nicht direkt ins Auge scheint. Das Innenleben eines Menschen ist mit unendlich vielen Facetten ausgestattet, so dass das eine, was einem als sinnvoll erscheint in einem anderen Moment schon wieder als eher sinnlos erscheint. Es kommt also ganz darauf an, welche Bedeutung man den Dingen gibt, mit denen man sich gerade beschäftigt. Was dem einen als großer Wert für sein Leben auftritt, ist für einen anderen Menschen völlig bedeutungslos. Wir befinden uns alle auf einer Lebensreise auf ganz eigenen Wegen mit jeweils unterschiedlichen Zielen. Manches Mal treffen wir dabei Menschen, die ein Stück mitgehen, anderen begleiten einander ein Leben lang und wiederum andere Menschen sind nicht dazu zu bewegen, sich miteinander zu verbinden. Manche Erfahrungen sind schmerzhaft, andere sind mit Glück erfüllt. Glück kann sich dabei in Leid verwandeln und andersherum kann das größte Leid in strahlendes Glück einmünden. Was auch immer passieren mag auf dem Pfad der Erkenntnis, es scheint so, als gibt es hierbei keine Gesetzte und Regeln, die festschreiben, wie was zu erfolgen hat, wie sich die Dinge entwickeln oder die einem Sicherheit gebieten. Alles was geschieht hängt in einem Starken Maße davon ab, welche Entscheidungen man im Moment trifft, oder einmal getroffen hat. Der gesamte Lebensweg ist davon gekennzeichnet, dass man genau die Dinge erlebt, die einen aufgrund einer Bedeutungszuweisung, gerade als wichtig erachtet. Ob die Entscheidungen dann richtig oder falsch sind, lässt sich dabei am Anfang gar nicht absehen und ist erst am Ende eines bestimmten Prozesses bewertbar. Das macht den Facettenreichtum des Lebens aus: Es ist ein Sammelsurium von Erlebnissen und Erfahrungen, welches unser individuelles Leben in jeden Moment bereichert, dabei jedes Mal einen Klecks Farbe hinzufügt und am Ende das Leben bunt anmalt. Welches Bild schlussendlich dabei herauskommt, dass obliegt dem jeweiligen Lebenskünstler selbst.

Ich für meinen Teil möchte der Welt diese Farben des Lebens mitteilen, damit ein jeder die Möglichkeit hat, sich aus diesem Facettenreichtum dasjenige zunutze machen zu können, was ihm beliebt oder was er gerade braucht. Wir können uns nur aneinander bereichern und jede Erfahrung, ganz gleich, wie schön oder wie schmerzhaft sie auch sein mag, ist existenzieller Bestandteil des eigenen Selbst und schmiedet Identität. Wie gesagt, es gibt dabei kein richtig oder falsch, es gibt nur die Tatsache, dass die Dinge so sind wie sie sind. Die Laufrichtung kann dabei jeder selbst bestimmen und entscheiden, ob die Dinge so bleiben, oder ob sie einer Veränderung unterzogen werden sollen. Wenn es sich lohnt, irgendwann einmal zum Ausdruck bringen zu können, dass das Leben insgesamt vielfältig und im Grunde genommen auch einen gewissen Anteil an Schönheit in sich trägt, dann hat es doch noch Sinn und Bedeutung gehabt. Was wollen wir also mehr?

Wenn Sie ein suchender Mensch sind, dann kann es nie schaden, sich die Dinge anderer Menschen anzuhören und sich daraus einen eigenen Facettenreichtum zu kreieren. In diesem Sinne wünsche ich Ihnen viel Spaß beim Lesen.

Das wünschen ich Ihnen
Ralf-Peter Nungäßer

Wofür brennst DU?

Stelle dir einmal vor, du könntest von 0 bis 24 Uhr leben, wie du wolltest! Also, mal abgesehen von der Zeit zwischen 9 und 17 Uhr in der du für fremdbestimmte Arbeit tätig bist – zuzüglich eine Stunde Zwangspause und zwei Stunden Fahrtzeit zur und von der Arbeitsstelle. Bleiben noch 13 Stunden für Selbstbestimmung. Pustekuchen. Schlafenszeit von 22 bis 6 Uhr ist naturbedingt auch fremdbestimmt. Bleiben immerhin noch 5 Stunden für das selbst organisierte Leben. Tja, familiäre Verpflichtungen, Notdürfte, Wartezeiten aller Art, Nahrungsaufnahme, Körperpflege und Einkauf kosten summa summarum 3 Stunden deiner täglichen Lebenszeit. Die restlichen 120 Minuten verbringst du abends vor dem Fernseher. Da bliebe dir am Ende kein Minütchen mehr für dich selbst.

Daher stellt sich die große Frage an dich selbst: Was ist Dein größter Traum, den du gerne leben möchtest und was würdest du dafür tun, um ihn zu verwirklichen?

Der spirituelle Wert des Geldes

Geld ist ein materielles Tauschmittel. Der Wert des Geldes ist an den Wert des Gegenstandes gekoppelt, der gegen das Geld eingetauscht werden soll. Dieser Wert wird entweder vom Verkäufer festgelegt und vom Käufer akzeptiert oder verhandelt. Im Idealfall legen die Tauschpartner den Wert gemeinsam fest. Und somit hat Geld auch einen spirituellen Wert, denn „Wert" ist nicht materiell, sondern zunächst einmal geistiger Wesensart, nämlich durch die gedankliche Vorstellung des Wertes. Der Geist-Materie-Transfer des Geldes – also die Umwandlung der geistigen Wertvorstellung in greifbare Materie – erfolgt durch die Kopplung der Wertvorstellung an den materiellen Gegenstand. Je nachdem wie hoch man den Wert des Gegenstandes ansetzt, ergibt sich ein entsprechend hoher Wert des Geldes, was sich anschließend im Tausch anhand einer Zahl festmacht, die dann auf (vom Staat geprägten) Münzen oder einem Papier bedruckt sich materiell zum Ausdruck bringt. Soviel zum „technischen" Vorgang des spirituell-materiellen Tauschmittels „Geld".

Geld ist durch diesen Geist-Materie-Transfer auch als Energieform zu verstehen. So beherbergt Geld durch die Wertzuordnung eine potenzielle Energie, welche durch den Transfer (z. B. Kauf einer Ware) in kinetische Energie umgewandelt wird. Hiermit erhält Geld eine bestimmte Triebkraft, die vom Vorstellungsträger entsprechend umgesetzt wird. Es ist somit möglich, dem Geld eine reine potenzielle Energie zuzuschreiben, in dem man das Geld hortet und nicht frei gibt. Man kann dem Geld aber auch eine kinetische Energie zuschreiben, in dem man Geld empfängt und weggibt. Geld mit potenzieller Energie kommt nicht in den Umlauf, wohingegen Geld mit kinetischer Energie entsprechend seiner Existenzberechtigung in den Tauschhandel, also in den Wirtschaftskreislauf gerät. Je nach geistiger Haltung bzw. Einstellung dem Geld gegenüber, legt der Mensch den Grad der Triebkraft für den Geist-Materie-Transfer fest. Praktisch heißt das, dass es Menschen gibt, die dem Geld eher potenzielle Energie zuschreiben und ziehen es daher nach dem Resonanzgesetz nicht an und geben es – wenn sie es mal haben – nur ungerne aus. Andere, die dem Geld eine kinetische Energie zuschreiben, ziehen das Geld an und geben es analog hierzu wieder in den Umlauf zurück.

Das Universum hat die Natur mit Reichtum ausgestattet, was man beispielsweise daran sieht, dass es mehr Samen gibt, als gebraucht werden. Sie gibt die Samen freizügig in den Umlauf der Natur. Die Natur hält die Saat nicht zurück. Zurückhaltung ist eine erfundene geistige Haltung des Menschen. Die Zurückhaltung findet ihre Begründungen in vielerlei psychologischen Spielarten wie Zweifel, Angst oder Gier: Zum Beispiel Zweifel daran, dass etwas nicht klappen könnte, Angst davor, etwas falsch zu machen und die Gier, um sich vor Verlust zu schützen. Freizügigkeit ist ursprünglich ein Naturzustand, den der Mensch sich aufgrund von anerzogener Zurückhaltung dem Thema Geld gegenüber erst bewusst machen muss, um ihn erlebbar machen zu können. Hieraus entspringen also zwei spirituelle Prinzipien im Umgang mit dem Geld: Die Ablehnung des Geldes (z. B. Geld ist Fluch) oder die Befürwortung des Geldes (z. B. Geld ist Segen).

Die Befürwortung des Geldes als spirituelles Prinzip ist schöpferischer Natur. In der Art und Weise, wie die Schöpfung alle Energie freizügig zur Verfügung stellt und sich in materielle Form umwandelt, so eröffnet die Energieform Geld in dessen Schöpfungsplan neben einem unbegrenzten Handlungsspielraum des Menschen auch dessen persönliche, kreative, soziale, kulturelle und wirtschaftliche Entfaltungsmöglichkeiten. In diesem Sinne können wir feststellen, dass Mangeldenken sowie Armut Entfaltung und Wachstum behindern und somit der Welt nicht segensreich zur Verfügung steht, während Reichtum im Gleichklang mit Überflussdenken erst Entfaltung ermöglicht und gleichsam der Welt für dessen Weiterentwicklung und Wachstum zum Nutzen gereicht. Geld an und für sich hat daher nichts Anrüchiges. Verwerflich ist allenfalls die negative Haltung Geld gegenüber, weil sie alle Entwicklung und Wachstum blockiert. Erst eine positive geistige Haltung der Fülle führt zur materiellen Freizügigkeit zum Segen aller Menschen. Wer das Schöpfungsprinzip verstanden hat, der weiß vom spirituellen Standpunkt heraus, dass alles nur aus einem bestehen Gegenwert erschaffen werden kann: Etwas kann nicht aus Nichts entstehen. Insofern kann man mit dieser spirituellen Einstellung Geld gegenüber logischerweise nur eine segensbringende Haltung im Sinne einer schöpferischen Entwicklung allen Lebens einnehmen. Da wir das Geld in diesem bestehen System nicht abschaffen können, macht es Sinn, eine wohlwollende Haltung ihm gegenüber einzunehmen, um ein materiell und geistig wohlständiges Leben zum eigenen Segen und zum Segen seiner Umwelt zu führen: Es lebe das Geld mit all seinen positiven geistigen Kräften – komm' in deine Kraft auch durch Geld!

Was ist Bewusstsein?

Wir alle hantieren im Alltag ganz selbstverständlich mit philosophischen, anthropologischen, spirituellen, psychologischen und sonstig disziplinär geprägten Begriffen und gehen automatisch davon aus, dass alle anderen schon verstehen werden, was man selbst mit dem einen oder anderen Begriff meint. So ist es auch mit dem Begriff Bewusstsein. Im Grunde müssen wir erst einmal kurz innehalten und aus der Innenschau heraus reflektieren, was wir mit dem Wort Bewusstsein eigentlich essenziell zum Ausdruck bringen wollen. Wie gesagt, der Begriff Bewusstsein ist aus unterschiedlichen wissenschaftlichen Disziplinen heraus beschreibbar, das macht es in diesem Sinne schon einmal nicht ganz so einfach, eine einheitliche Definition von Bewusstsein abzuleiten.

Hier einmal zur ersten Orientierung ein quantenphilosophischer Definitionsversuch von Ulrich Warnke:

„Ohne Bewusstsein existiert nichts – tatsächlich überhaupt nichts auf dieser Welt. Alles, wirklich alles, was wir über diese Welt wissen; alles, was unsere Welt ausmacht, alles Erdenkliche ist bis zu diesem Zeitpunkt immer und ausschließlich über ein menschliches Bewusstsein gelaufen.

Wenn es kein Bewusstsein gibt, kann auch nicht bewiesen werde, dass es die Welt und das gesamte Universum gibt. Wenn nirgendwo ein Bewusstsein vorhanden ist, gibt es auch keine ‚Ichs‘, keine Umwelt, keine Natur, keine Sonne, keinen Kosmos [und kein Gott]. Daraus folgt im Umkehrschluss, dass das Bewusstsein alles erschafft, - alles, was existiert; alles, was wir über unsere Sinne erfahren; alles, was wir erleben; alles woran wir uns erinnern."

(Warnke, U.: Quantenphilosophie und Spiritualität. Berlin, München 2011. S.13/14)

Das Liebesnest

Das Leben ist ein großes Fest,
für manche gar ein Liebesnest.
Kommt die Liebe angeflogen,
wird das Leben rasch verbogen.
Den einen erwischt es ganz und gar,
der Weg für ihn ist sonnenklar.
Ein andrer hat's nicht gut getroffen,
die Liebste speist ihn ab mit Hoffen.
Mancher ist verzückt vor Glück,
weil er alle herzt und drückt.
Das verliebte Herz, es meint es gut,
verschenkt sich selbst mit ganz viel Mut.
Selbst Amor, Vater aller Liebe,
verteilt sehr gerne seine Triebe.
Selbst Aphrodite ist fein raus,
ihr Liebesspiel ist gar ein Schmaus.
Und der Mann, der liebt die Superfrau,
und schenkt ihr gern 'nen Blumenstrauß!
Und wenn er's treibt mal wieder bunt,
küsst sie ihn zärtlich auf den Mund.
Sie zanken sich, und auch mal laut,
doch Verzeihen ihre Liebe baut,
Vertrauen und auch Glückes Maß,
beide wachsen lässt wie Gras.
Das Liebesnest es wächst und wächst,
weil keiner es verdorren lässt!
Das ist unser Fundament,
die Liebe: Sie ist ein Geschenk.

Systemkritik

Ein Grund für die Legitimation sogenannter demokratischer Systeme besteht für die Erfinder dieser Regierungsformen darin, dass das Volk über sich selbst herrscht. In dem Moment, in dem das Volk jedoch Repräsentanten wählt und einsetzt, wird das Volk von den sogenannten Volksvertretern beherrscht. Damit ist der Grundgedanke der Selbstherrschaft obsolet, da das Volk fremdregiert wird. Ergo bestimmt das System, wie sich dessen Mitglieder an seine Rahmenbedingungen anzupassen hat. Eine Mitbestimmung der Systemmitglieder an der Systemgestaltung ist zwar garantiert, wird jedoch nur innerhalb der Grenzen des Systems zugelassen. Eine Systemänderung ist tabuisiert und wird bei dem Versuch, Systemkritik zu äußern gepaart mit dem Verlangen nach einer Systemänderung, sanktioniert. Mit diesem repräsentativen Demokratiesystem haben sich die Menschen politische Bedingungen geschaffen, in denen nicht das System für die Menschen da ist, sondern der Mensch für das System.

Die Lösung: Abschaffung von Parteien und die Gründung von freien Interessensgruppen gepaart mit direkter Demokratie, bei der die Menschen das System mitbestimmen und nicht umgekehrt, und zwar nicht durch die Schaffung von Mehrheitsverhältnissen, sondern durch Verhandlungen aller Interessensgruppen an Entscheidungen mit Konsensergebnis und Akzeptanz unterschiedlicher Interessensströmungen (hierbei wäre es durchaus sinnvoll, überregionale Interessensgruppen zu gründen, die sich aus Abgesandten der regionalen Interessengruppen bilden). Abschaffung bürokratischer Vorschriften, die die freie Entfaltung individueller Potenziale und Kompetenzen behindern. Abschaffung des auf darwinistisch-neoliberalistischen Ideen basierenden wirtschaftlichen Konkurrenzsystems zugunsten eines konsequenten sozial-liberalen Kooperationssystems. Novellierung des auf Internierung basierenden Strafsystems zugunsten eines auf Wiedergutmachung gestützten Sanktionierungssystem. Änderung eines ethischen Wertesystems, das ausschließlich auf stringenter Anpassung, Arbeit und Leistung basiert zugunsten eines auf Lust, Freude, Toleranz und Talenten gegründetes Miteinander.

Kann Liebe erlöschen?

Ich bin etwas verwundert darüber, dass bei Menschen die Liebe erlöschen kann. Irgendwie erlebe ich die Liebe stets unter dem Eindruck, dass dies eine Energieform ist, die nicht zu Ende geht, sondern schlimmstenfalls einem Wandlungsprozess unterliegt, der sich durchaus in abneigenden Gefühlen dem Partner gegenüber zum Ausdruck bringen kann. Aber erlöschen? Nein, das kann die Liebe nicht. Ist sie einmal da (und jeder Mensch trägt eine ganz spezifische Liebesenergie in sich), ist sie eine seelenimmanente Energie, die sich nicht verbrauchen kann oder die erlischt, sondern nach allen uns bekannten physischen und spirituellen Gesetzen allenfalls einer Umwandlung unterliegt. Und hierin liegt meines Erachtens der Kern der Liebe: Im Prozess einer Entwicklung, in dem die Liebe erlebt wird, erhält Sie ihre Dynamik. Sie kann demnach nicht schwinden, sie kann aber auch nicht wachsen. Sie ist entweder in einer Seele aktiv, oder sie ist es nicht. Wem oder was gegenüber die Liebe aktiv ist, das spielt allgemein gesprochen keine Rolle, aber für den Liebesträger ist es sehr wohl relevant, welchem Subjekt oder Objekt gegenüber die Liebe aktiv ist. Denn das hat auch eine gewaltige Tragweite für das Subjekt (und in manchen Fällen für den Umgang mit einem Objekt). Denn das geliebte Subjekt spürt diese Energie und vereint seine eigene Liebesenergie mit dem Partner. Es findet sozusagen eine

Energieverschmelzung statt. Hieraus erwachsen weitere Energieformen die ein starkes körperliches, geistiges und emotionales Bindungsband knüpfen wie zum Beispiel Zuneigung, Vertrauen, Verlässlichkeit, Sinngebung, Glück oder Sexualität etc. und deren Konsequenzenergien. Der Akt, der dazu führt, dass sich zwei Menschen ineinander verlieben liegt in der jeweiligen Wellenlänge begründet, die die Liebesenergien dieser beiden Personen aussenden. Das Andocken der Liebesenergien durch die beiden Wellenformen erfolgt dabei wie Tentakel zweier Geschöpfe, die entweder an gleiche oder an unterschiede Pole andocken; hier wirken universelle Gesetze: Gleiches und Gleiches gesellen sich zueinander, oder Gegensätze ziehen sich an. Daher kann es immer nur eine einzige Seelenliebe zwischen zwei Partnern geben, die, wenn sie mal zueinander gefunden haben, für immer aktiv bleibt und wie ein Füllhorn wirkt, in der die Liebe ihren Reichtum an beide Liebenden spendet (solange sie nicht aktiv ist, ist sie auf der Suche nach der anderen Seelenliebe). Nachdem wir nun geklärt haben, wie die Liebenden zueinander finden und ihre gegenseitige Liebe aktiviert haben, kommen wir folgerichtig zu der Kernfrage, ob diese Liebe einmal erlöschen kann? Viele werden jetzt zustimmen und sagen, ja, die Liebe kann versiegen und man kann einen Menschen dann nicht mehr lieben. Aber wir haben ja gehört, dass die Liebe aktiviert ist und wie ein Füllhorn wirkt, daher ist es nicht möglich, dass sie jemals versiegen kann. Nun, wie kommt es, dass Menschen dennoch sich trennen mit dem Hinweis, dass sie sich nicht mehr lieben. Das liegt zum einen daran, dass diese Liebe noch nicht ihren eigentlichen Seelenpartner gefunden hat und zum anderen, dass manche Menschen leichtfertig mit dem Liebesgut umgehen und es wie eine Ware anstatt wie eine universelle geistig-emotionale Wesensart zu behandeln. Bei der noch nicht gefundenen Seelenliebe ist es so, dass Menschen, glauben, sich ineinander zu verlieben, weil sie natürlich auf der Suche nach dem richtigen Partner sind. Relativ schnell werden sie sich klar darüber, dass der andere Partner irgendwie nicht so richtig an einen andocken will und beide beginnen, sich ihre Unterschiede gegenseitig vorzuwerfen. Das Ende der einstmals so vielversprechenden Liebe naht. Die Suche nach der Seelenliebe geht weiter, entweder, bis sie gefunden wurde oder die Suche läuft ins Leere, weil man sie nicht gefunden hat. Im zweiten Fall, in dem die Menschen zu leichtfertig mit dem Liebesgut umgehen ist es so, dass sie die Liebe einseitig auf eine bestimmte Ebene begrenzen wie z. B. nur auf die Sexualität, lediglich auf die Eifersucht, nur auf den Narzissmus und Macht, oder auf die Instrumentalisierung eigener Interessen und so weiter. Diese Einseitigkeit in der Liebe erzeugt ein Gefälle zwischen einem, der mehr liebt und einem, der weniger liebt. Das führt in jedem Fall zu emotionalen Spannungen, die der Unterlegene, meinst mehr Liebende, als

Ausbeutung erlebt und nicht mehr aushält oder der Überlegene, der weniger Liebende, die Beziehung als ausgereizt empfindet und nicht mehr aufrechterhalten will – hier steht die Trennung vor der Tür. Natürlich haben diese Menschen auch noch nicht ihre Seelenliebe gefunden, sonst würden sie die Liebe nicht so leichtfertig behandeln. Also ist das Übel der gebrochenen Liebesbeziehung darin zu suchen, dass die beiden Puzzleteile der Seelenliebe noch nicht zueinander gefunden haben. Daher ist die Frage nach dem Erlöschen der Liebe in diesem Fall auf jeden Fall zu bejahen. Im Falle gefundener und aktivierter Seelenliebe ist dies nicht der Fall – sie kann nicht mehr auseinander gehen. Streitereien, Uneinigkeiten, Missstimmungen und alles was als Negativattribute in einer Partnerschaft aufkeimen kann, führt bis zu einem bestimmten Maß an die Grenze der Belastbarkeit einer Liebe zwischen zwei seelenverwandten Liebespartnern, ohne Zweifel, dennoch zerbricht diese Liebe nicht an den Widrigkeiten des Alltags oder an den Unstimmigkeiten von sich entwickelnden Persönlichkeiten. Nein, das Band zerreißt niemals, sondern hält diese Belastung aus, ganz gleich welchen Auseinandersetzungen sie durch die Liebespartner ausgesetzt ist. Es ist ja gerade die Tatsache der innigen und unzertrennbaren Energieverschmelzung, die es ermöglicht, dass diese Partner ihre Konflikte miteinander austragen, ohne dabei das innige Band der gegenseitigen Zugehörigkeit und gemein-

samen Verantwortung für einander zu zerstören. Manche Menschen finden ihre Seelenliebe sofort in jungen Jahren, andere durch-
laufen einige zerbrochene Liebesbeziehun-
gen bis zum Finden ihrer Seelenliebe, wiederum andere finden diese Seelenliebe nie. Ist
diese Seelenliebe einmal gefunden und aktiviert, gibt es danach keine weiteren Liebesbe-
ziehungen mehr zu anderen Menschen,
wenngleich die Menschen mit einer ausgeleb-
ten Seelenliebe auch gute und liebevolle Beziehungen zu anderen Menschen führen können aber auch, im anderen Fall, sich mit ihrer
Seelenliebe zufrieden geben und weiterhin
keine Ambitionen haben, sich zu anderen
Menschen hingezogen zu fühlen. Zwei See-
lenliebende hegen und pflegen sich selbst
und ihre Beziehung zueinander. Das kann
mitunter dazu führen, dass die Auseinandersetzungen oder Entwicklungsphasen anstren-
gend bis grenzwertig für beide sein können,
dennoch ist das oberste Ziel dieser Liebes-
form, die Aufrechterhaltung der ineinander
energetisch verschmolzenen Liebesverbin-
dung, weil beide wissen, dass sie vom Universum zusammengeführt und in Folge dessen
auch mittels universeller Kräfte, die diese
Energieverschmelzung verursacht hat, beide
Partner in ihrem Denken, Fühlen und Handeln
liebevoll geführt werden. Daher hat der Satz
„ich liebe dich" einen heiligen Wert, der durch
nichts zu überbieten ist, vor allem deshalb
nicht, weil, wenn er ausgesprochen wird, er
aus   den   innersten   des   Herzens   der

seelenliebenden Partner stammt. Solange sie tief in ihrem Herzen, trotz aller Verletzungen, Schmerzen und Widrigkeiten, die Liebe zum anderen lodern spüren, kann diese Form der Liebe nicht erlöschen!

Deutungshoheit

Deutungshoheit = Meinungsunfreiheit.

Deutungshoheit bedeutet, dass jemand die absolute Wahrheit über ein bestimmtes Thema beansprucht. Und damit diese Wahrheit auch ihre Anerkennung von der Mehrheit der Menschen erfährt, wird sie verknüpft mit Macht. Hat der Deutungsherr die Macht über die Begriffe, Informationen und ihre Prozesse erlangt, in dem alle anderen Menschen per Androhung von Sanktionen gezwungen werden, diese Wahrheit als Absolut zu akzeptieren, kann er alle Andersdenkende als Lügner diskreditieren, sie offen verfolgen lassen und eliminieren, bis die Mehrheit der Menschen uneingeschränkt und kritiklos an die Deutung des Deutungsherren über die Begriffe und Informationen blind glaubt. In diesem Sinne befinden wir uns politisch in einer Meinungsdiktatur der Deutungsführer (kennen wir das nicht schon von irgendwoher auf deutschen Boden?).

Und genauso verhält es sich in der sogenannten „Corona-Krise" auch. Die Deutungshoheit über die Gesundheitsthemen haben die Mediziner und ihre Hilfswissenschaftler in Biologie, Chemie etc. sowie in unserem Fall die Virologen. Aus diesen Reihen setzt irgendjemand bewusst eine Information in die Welt und mischt ihr eine hohe Bedeutung bezüglich des Gesundheitsthemas bei, wie es beim

Corona-Virus nun der Fall ist. Dieser Jemand behauptet, der Corona-Virus sei hochinfektiös, hochgefährlich im Krankheitsverlauf als auch in seiner Sterblichkeitswirksamkeit und alle Menschen, von der Reinigungskraft bis zum Politiker, glauben das ungefiltert, weil ja die Deutung solcher Vorgänge mit medizinischer Thematik bei den Medizinern und ihrer Hilfswissenshaftlern liegt. In Deutschland hat nun das Robert-Koch-Institut die Deutungshoheit über die Corona-Krise an sich gerissen. Alles was dieses Institut hierzu mitteilt, wird als die absolute Wahrheit anerkannt: Ruft es „Panik", verfällt das Volk in Panik. Ruft es „bleibt alle zuhause", bleiben alle brav Zuhause. Fordert das Institut, dass alle Menschen zwangsgeimpft werden sollen, dann wird uns der Staat seine absolutistische Haltung spüren lassen.

Erstaunlich dabei ist, dass wir überhaupt nichts mehr von anderen Instituten über die Wirksamkeit des Corona-Virus hören. Kritiker der Deutungshoheit werden vom Mainstream diffamiert. Wer anderer Meinung zum politischen Trend der Unterdrückung durch die aktuellen Notstandsgesetze des Staates ist, wird verfolgt, sanktioniert und als unglaubwürdig oder gar als Verschwörungstheoretiker stigmatisiert. Seltsam: Dabei sitzen doch gerade die Verschwörungstheoretiker auf den Regierungsbänken und verbreiten mit ihren irrationalen Haltungen und Entscheidungen Angst und Schrecken im Volk.

Ganz im Ernst: Das Virus hat eine jahrtausendalte virulente Wirksamkeit in der Welt aufgedeckt: Das Volk lässt sich gerne von den Lügen ihrer Machthaber anstecken und es verteidigt die Oligarchen darüber hinaus als die einzig wahren Heilsbringer. Corona zeigt, dass wir uns aus den Klauen der Unterdrücker und ihrer Häscher und Schergen befreien und uns die Hoheit über unsere eigene Freiheit zurückerobern müssen, jeder einzelne von uns, damit das System wirklich gesunden kann!

Wenn ein Mann eine Frau liebt

Wenn ein Mann eine Frau liebt, dann ist das eines der schönsten Glücksmomente, die ein Mann in sich selbst auslösen kann. Und dieses innere Glück, die Frau seines Herzens als „sein" bezeichnen zu dürfen, sie zu bewundern, umsorgen und sich mit ihr vereinen zu können, trägt dazu bei, ihr Bild im Innersten seines Herzens zu tragen und dabei ihr all seine Liebesfähigkeit zu offenbaren. Als Mann ist man so unendlich stolz darauf, dass „seine" Frau sich dazu entschieden hat, Ihr Leben mit ihm zu teilen.

Es ist im Hier und Jetzt das einzige Leben, welches man hat und es erfüllt einen Mann mit äußerster Glückseligkeit seine Auserwählte an seiner Lebensseite wähnen zu dürfen, damit er seinen Sinn darin zum Ausdruck bringen kann, ihr die Welt zu Füßen legen zu dürfen. Und selbst durch seine allergrößten Fehler, die durch Blindheit geschlagen entstanden sind und ungerechterweise an ihr begangen wurden, öffnet sich ihm die Pforte zur Korrektur dessen, wofür man als Mann angetreten ist, nämlich sein Herzallerliebst in unendlicher Liebe zu hegen und zu pflegen. Daher bittet ein Mann sie in diesem Fall inständig um Verzeihung all dessen was die dunkle Seite seines Seins verbrochen hat, es dient letztlich der Erkenntnis, dass er sie wirklich sehr liebt, weil die Liebesenergie sich für diese beiden Menschen entschieden hat und ein „ich liebe

dich" wirklich aus dem Tiefsten seines Herzens entspringt.

Machtloser Krieg der Positionen

Es ist unerträglich mit anzusehen, wie sich zwei vermeintlich unvereinbare Positionen für oder wider die richtige Handhabung der sogenannten Corona-Krise mit geladenen Waffen diametral gegenüberstehen. Es ist das uralte Dilemma der Menschen, dass wir in der Mehrheit in einem Schwarz-Weiß-Denken mit den Lösungs-Prämissen "entweder-oder" verhaftet sind. Dabei geht es affektbedingt um Rechthaberei, Besserwisserei, Diffamierungen, Beschuldigungen, Informationshoheit und am Ende um die Macht der Kompetenz, wer schlussendlich das Sagen im Konflikt hat. Bei genauerer Betrachtung haben wir alle kein fundiertes Wissen über den Corona-Sachverhalt, aber unendlich viele Meinungen dazu. Es ist also ein Krieg um Meinungen, bei dem wir alle Verlierer sind, weil, während die Menschen in ihren eitlen Streitereien versinken, gereicht es sich eine Machtelite zum Vorteil, die alleinige Entscheidungsgewalt über die Streithähne an sich zu reißen. Wir geben unsere Macht leichtfertig aus der Hand, überreichen diese an Menschen, die genauso unwissend sind, aber eben über Entscheidungsmacht verfügen. Es geht also nicht um Corona (denn es sterben täglich unzählige Menschen an Krankheiten und sonstigen Widrigkeiten, um die wir ansonsten auch keinen Wirbel machen), sondern es geht um Macht: Informationsmacht, Kompetenzmacht und Entscheidungsmacht. Wie heißt es so schön: Wenn zwei sich streiten, freut sich der Dritte, in diesem Fall unsere Legislative, Judikative und Exekutive, die endlich einmal wie kleine Buben einen Ausnahmezustand spielen dürfen, in den wir am Ende alle nur Verlierer sind, weil wir – entgegen allen demokratischen Gesinnungen zum Trotz - nicht mitentschieden haben.

Begeisterung

Wer kennt das nicht: Man hat Feuer für eine Idee gefangen und bekommt hierdurch einen ungeheuren Energieschub. Doch halt! Da schleichen sich bereits ein zehntel Sekunden später schon die ersten leisen Zweifel über die Realisierbarkeit der Idee in den Energiefluss und schwupp, dauert es nicht lange und die Idee ist nur noch ein Schatten ihres Selbst.

Aber, aber, wer wird denn hier resignieren? Natürlich drängen sich Fragen bei der Umsetzung einer Idee auf. Aber sie dienen doch letztlich nur dazu, die Stolpersteine aus dem Weg zu räumen, um den Weg frei zu machen für den Tatendrang des eigenen Herzenswunsches. Daher der dringende Rat für alle Zweifler: Nicht unterkriegen lassen und dem Licht Sauerstoff zum weiter Leuchten zuführen: Dann avanciert die Idee zu einem bunten Lauffeuer, das darauf drängt, von allen bewundert zu werden. Es gibt nichts Schöneres, als auf einer Ideenwelle zu reiten und dabei die Zügel selbst in der Hand zu halten!

Leidenschaft

Wer eine Idee hat und sie wie Feuer unterm Hintern verfolgt, der ist meist auf dem richtigen Weg! Warum? Weil das Feuer als Symbol der Urenergie den Urknall von allen Ideen repräsentiert. Menschen, die mit feuriger Leidenschaft ein Ziel verfolgen sind meist ziemlich erfolgreich, denn das, was sie mit ihrer Idee verfolgen vom Universum mit Energie versorgt wird. Menschen mit Licht in ihren Gedanken sind angedockt im universellen Informationsnetz zur Materialisierung aller geistigen Ideen. Stelle dir alle Ideen, die du hast mit Leidenschaft vor, mit einem Brennen im Herzen und setze sie einfach nur um! Nichts kann dich bremsen, wenn du mit der Glut der Leidenschaft an deine eigene Sache herangehst! Deshalb: Schütte Öl nach, wenn jemand meint, er müsse dein Feuer löschen. Es lebe die Leidenschaft!

Wußten Sie schon…

Wußten Sie schon, dass Corona die gebeutelte Form von Corinna ist? Wie, das wussten Sie noch nicht? Na, dann will ich Ihnen das mal erklären. Als Corinna ihren Mann Klopapier einkaufen schickte, brachte er stattdessen eine Kiste Coronabier mit Heim und besoff sich damit, um den Schmerz über das vergessene Klopapier herunter zu spülen. Also wurde Corinna zur wütenden Wildsau, und im Suffkopp lallte ihr Mann mit schützender Hand vor seinem Antlitz: "Herr, schütze mich vor Corona!", und nahm noch einen Schluck vom Coronabier und fiel einfach um. Seine Frau indes hatte eine Packung Klopapier der Marke "Krone" mit nach Hause gebracht und ihren betrunkenen Mann damit eingewickelt. Nun wissen Sie, warum Corona die gebeutelte Form von Corinna ist, weil Bierflaschen gegenüber Krone-Klopapier einen echten Kronkorken haben und somit Biertrinker gegenüber Arschkriechern die echte Krone der Schöpfung darstellen, oder?

Auswandern macht etwas mit einem

Wer auswandert, der will sich verändern – örtlich, im Alltag und persönlich. Neben dem zuerst aufkeimenden Willen, sich verändern zu wollen folgt nach dem Umzug ins Auswanderungsland das sich verändern müssen – Sprache, Kultur, alltägliche Gegebenheiten. Nun, was macht das Auswandern unter diesen Ausgangsmentalitäten mit uns? Warum wir ausgewandert sind, das haben wir ja an dieser Stelle schon mehrere Male erwähnt. Die Gründe sind bekannt und liegen zusammenfassend im Systemausstieg wegen Arbeitsstress, Schulstress, sozialer Anpassungsdruck, raus aus dem Hamsterrad, Beziehungsöde, geistige, soziale, emotionale, kulturelle, ökonomische und ökologische Entfremdung. Soweit die Ausstiegsmotivatoren. Nun sind wir seit über zwei Jahren auf unser Grundstück nach Portugal übergesiedelt – und diese Zeit hinterlässt ihre Spuren bei uns allen, bei den Erwachsenen genauso wie bei den Kindern. Doch was sind das für Spuren. Dazu müssen wir einmal kurz aushohlen und beschreiben, was wir für Menschen waren, bevor wir ausgewandert sind. Die Ehefrau war eine typische Frau, die sich um Kind und Kegel gekümmert hatte und kaum ein Eigenleben führte. Kinder, Haushalt, Schule, Ehemann, familiäres Umfeld, bekannt und Freunde, berufliche Ansprüche und alles Familienorganisatorische etc., alle hatten sie die Frau im Würgegriff. Der Ehemann war der typische Mann, der Arbeiten ging. Arbeit, Ehefrau, Kinder, Freunde, Hunde, Bekannte, Rechnungen, wachsende Familienkosten, Kredite, und das Familienorganisatorische, alles musste er im Blick haben und hatte ihm im Wickel. Die Kinder gingen brav in die Schule und in den Kindergarten. Zufrieden waren die Kinder in diesen Institutionen nie. Im Kindergarten waren die Erzieherinnen zu streng, in der Schule waren die Lehrer diffamierend. Die Kinderinstitutionen waren Nährboden für Streitereien zu Hause, weil die dort entstandenen Konflikte in Kindergarten und Schule nicht gelöst wurden. Kurzum: Wir waren allesamt angepasste und mental ausgelaugte Menschen. Also beschlossen wir, dieses destruktive Hamsterrad zu verlassen, welches uns weder eine Orientierung noch eine Perspektive bot (mit einer 300qm-Luxusvilla als goldener Käfig waren wir schon an der Wohlstandspitze angekommen – doch wohin sollte es noch gehen?). Nun sind wir in Portugal und mussten vor zwei Jahren – also frisch in der Anfangszeit – erst lernen, mit der neuen Freiheit umzugehen. Als wir in Portugal im Mail 2018 ankamen, waren wir noch wie betrunken vor Glück, diesen Schritt gewagt zu haben, waren voll mit Glückshormonen, unseren Vorstellungen vom neuen Leben im gelobten Land Portugal und mit einem nagelneuen 11-Meter-Adria-Wohnwagen inklusive Isabella-Vorzelt und über 150 Umzugskisten und einigem Sperrgut. Aber rasch durften wir feststellen, dass so ein Hektar Land in der Steppe des Alentejo bearbeitet werden musste, um es bewohnbar zu machen. Das war in der sengenden Hitze von 40 Grand eine unvorstellbar anstrengende Arbeit für uns: unendlich viel mannshohes getrocknetes Gras mähen, unzählige Kubikmeter Erdaushübe zur Urbanisierung der Wege, eine Ruine bebaubar machen, Wasser selbstständig an der Quelle organisieren, mehrmaliges Toiletten entsorgen am Tag, einkaufen Fahren, eingeschränkter Strom zur Verfügung, arbeiten müssen, um Geld zu verdienen, damit die Kosten abgedeckt sind, Wäsche in einer 30 Kilometer entfernten Stadt im Waschsalon waschen, regelmäßig Gas und Benzin für die Energieversorgung beischaffen. Dabei wollen die Kinder den ganzen Tag frei spielen, die Frau möchte sich mit all den hier angesiedelten Menschen spirituell austauschen und der Mann findet vor lauter Arbeit auf dem Grundstück, im Internet mit seinem Job als Dozent und mit der Organisation der Versorgung keine Entspannung. Die Spannung wächst, weil die Interessen auseinanderlaufen. Sie will sozialen Austausch, die Kinder ihre Freiheit und Ralf steckt in Arbeit fest. Die Beziehung leidet zwischen dem Ehepaar und zwischen Vater und den Kindern. Im Grunde genommen hat nur der Mann nichts davon, ausgewandert zu sein, da er sich wieder überfordert mit der gesamten Situation fühlt, während die Frau sich von der gereizten Stimmung ihres Ehemannes immer mehr distanziert. Es kommt zum Knall. Es ist also festzustellen, dass Auswandern etwas mit uns macht. Dem einen wächst die Arbeit über den Kopf, dem anderen geht das Freisein nicht schnell genug und die Kinder wollen permanent unterhalten werden. Bis wir die richtige Mitte gefunden haben, um sagen zu können, jetzt sind wir mit unseren Zielen, uns frei zu fühlen, angekommen, dauert es eine Zeit lang. Das geht alles nicht ad hoc. Seit über zwei Jahren loten wir aus, wohin unsere Auswanderungsreise gehen soll. Wir wissen es noch immer nicht und sind noch auf der Suche... Aber Aufgeben ist keine Option!

Die Chance

Es war einmal ein Mann auf dem Weg zum Himmel und traf dort auf seine Frau, die an einer Wegegabelung stand, die in zwei Richtungen führte. Als er sie erreichte, fragte er sie, wohin sie denn gehen wolle? Sie blickte ihn erstaunt an und sagte, dass sie aus der Hölle raus möchte, in der sich viel zu lange aufgehalten habe. Aber das hier sei doch gar nicht die Hölle, erwidere er überrascht. Doch, dieser Weg hier sei bereits die Hölle, gab sie zur Antwort. Nun wolle sie diese verlassen, weil sie gehört habe, dass es wohl auf der anderen Seite das Himmelreich gebe, aber sie wisse einfach nicht, welchen Weg sie nun einschlagen soll. Der Mann blickte sich um und zuckte mit den Achseln und gab zu bedenken, dass er das nun auch nicht wisse, aber er suche nach der Frau, die er seit jeher so sehr liebt, daher sei er ihr gefolgt, um ihr das zu sagen und um ihr mitzuteilen, dass er viele Fehler gemacht habe, die er gerne wieder gutmachen würde. Sie blickte ihn mit großen Augen an und sie füllten sich mit Tränen. Das habe sie zwar immer gewusst, dass er sie liebe, aber hier am Scheideweg spürte sie zum ersten Mal, dass dies nicht nur Worte waren, sondern Engelsgedanken und ein göttlicher Wegweiser zugleich. Sie bedauerte ebenfalls ihre Fehler, beide fielen sich weinend in die Arme und verziehen sich alle Fehler, die sie aneinander begangen hatten, warfen sie auf einen Haufen neben dem Weg und stellten ein Schild davor mit der Aufschrift: Nachahmen und Wiederholen verboten! Also nahmen sie sich an die Hand und betraten einen neuen Weg, den es noch nicht gab.

Campingleben im Wohnmobil

Es ist eine mentale und existenzielle Meister-
leistung, das Leben einer siebenköpfigen Familie im deutschen Winter in einem Wohnmobil zu bewältigen.

Es ist ein Leben unter minimalistischen Bedingungen, frei von materiellem Ballast und voll
von geistigem Miteinander.

Wir erleben Erfahrungen, die wir im fixen Lu-
xushaus mit Hamsterradalltag so nie machen
könnten. Situationen wie Freiheit, Koopera-
tion, Geduld, Spontaneität oder Zusammen-
halt erhalten ganz neue Bedeutungen mit er-
lebbarem Sinn.

Unser Dasein ist nicht mehr gebunden an
fremdbestimmte Erwartungen, sondern jeder
Einzelne kann sich seine eigenen Ziele setzen, für das was er erfahren und erleben
möchte.

Enge führt zu Toleranz. Einfachheit führt zu
Kreativität. Zeitlosigkeit führt zu Gelassenheit.
Wir freuen uns, wir lachen, zanken, streiten
und vertragen uns, wir sind Suchende und
Findende. Wir reisen durch die Zeit und durch
uns selbst.

Das Leben im Wohnmobil ist ein Experiment,
ein spannendes Abenteuer voller Über-

raschungen. Uns wird es nie langweilig. Hier ist immer was los.

Hier sind wir Mensch, hier sind wir gerne.

Der Unterdrückungspakt

ACHTUNG: Aus der Rehe der Verschwörungstheorie

Immer wieder beobachtest du, dass sie dich mit ihren verdrehten Worten einlullen wollen. Dabei erwischt es dich den ganzen Tag, wenn du dir vorstellst, dass die Dinge sich von ganz allein regeln. Immer wieder kommt das Artige angeflogen und klopft an dein Brain, ohne damit zu rechnen, dass vielleicht ein Schutzschirm um deine Aura gelegt ist. Aber so ist das mit übergriffigen Wesen. Sie fragen nicht danach, ob du ein Elf bist oder ein Troll, sie greifen nach dir wie die Rattenfänger und bereiten dir einen Weg voller Blindheit. Wer es wagt, ohne Sicht zu gehen, der weiß nicht, wohin er geht. Aber die Antennen der Intuition werden geschärft und geleiten dir den Weg durch das Universum, welches dir die unendlichen Richtungen bereitstellt. Und dennoch machst du Dinge, die du dir im Geringsten nicht vorstellen gewagt hast, weil du weißt, dass sie dir nicht guttun. Sie werden dir angetan und du tust sie ohne Gegenwehr. Es kann dich jeder berühren, verführen, verdrehen und in die Irre führen, es scheint deinem Bewusstsein nichts auszumachen, außer dann, wenn es in die Windungen des Unterbewusstheit einzudringen versuchen, dann wird der Körper Krank und spielt dir an allen Ecken und Kanten seine Streiche. Es sind die Metastasen der psychischen Unbelastbarkeit, die sich hier und da einnisten. Du schüttelst dich und rüttelst dich, es kommt kein Knüppel aus dem Sack und verteidigt dich. Du hat den vermeintlichen Gedanken an das Gerechte verloren und verbitterst als leidliches Espenlaub. Die Krone der Manipulation wird dir aufgesetzt: Es sind all jene, die selbsternannt sich Könige nennen und den Leuten mit ihren Drohungen Angst einjagen. Wer zittert da nicht? Vor allem, wenn man seinen Gedanken nicht mehr trauen kann, weil sie dir eintrichtern, du seist nicht gut genug. Es ist ein entmachtetes Leben ohne Fleisch und Blut, welches sich dir hier offenbart. Hat der Herrgott etwa seinen Tanz hier mit eingebaut? Krass, alter, würden jetzt meine Kinder sagen. Aber so ist es. Die Freigabe erfolgt bereits nach der Geburt. Wir sind allen den Regeln und Künsten der Mächtigen ausgesetzt, ohne dabei je eine Entscheidung mit gefällt zu haben. Wie können das also unsere Gesetze sein, wenn wir sie nicht mit kreiert haben? Das ist doch falsch, sich an Gesetze zu halten, die ich selbst nicht geschaffen habe, weil ich sie ja nicht aus der Sicht des Schöpfers nachvollziehen kann. Ein anderer hat mir seine Gesetze aufoktroyiert und er behauptet auch noch, es seien Gesetze für alle. Hä? Wie können Dinge für alle entschieden werden, wenn alle nicht an den Entscheidungsprozessen der Gesetze beteiligt waren? Betrachtet man sich diese Tatsache aus der Nähe, so ist erkennbar, dass dies genauso sinnlos erschient, wie der Baum, der sich von einem Regentropfen die Haut einer

Fledermaus als Segel für seinen Abflug auf-
kleben lässt. Man kommt sich dabei irgendwie
unausgesprochen vor wie ein Bediensteter
ohne Arbeitsvertrag. Im Zuge der Verlogenheit erhält das Abbild der Irrationalität seine
Rechtfertigung. Selbstverständlich erklimmen
wir hierbei geistige Höhen ohne die tatsächli-
che Tiefe der Botschaft je erreichen zu können. Es gleicht einer Infinitesimalrechnung
ohne Anfang und ohne Ende, aber mit zirku-
lativer Kraft der Unendlichkeit. Gefangen in
der Ewigkeit als Untertan der Mittelmäßigkeit,
geführt von Wesen ohne Moral und Intelli-
genz. Fürwahr, es erscheint der Himmel als
Tor zur Gerechtigkeit. Doch es fährt dorthin
kein Taxi. Wir erreichen das Gerechte niemals, weil das Ungerechte im Gegenzug ge-
genübersteht und an uns zerrt. Das Karussell
dreht sich ohne Unterlass und erschwindelt
sich unseren Verstand. Die Existenzfragen
nach „Woher" oder „Wohin" stellen sich nicht
mehr, denn wir werden wahllos ins Leben hin-
eingeworfen und dürfen sehen, wie wir damit
fertig werden. Erst machen uns die Eltern fertig, dann die Schule, die Ausbildung, die Arbeit, übergeordnet die Machthaber und zuletzt
seht der Tod an der Tür, klopft und lächelt dich
nur hämisch an: Auf, komm, zum nächsten
Strafplaneten. Oh mein Gott, wie trostlos das
Dasein doch ist. Es steht aber auch in keinen
Schriftrollen, wann ich mal an der Reihe bin,
die ganzen Deppen da unten unterdrücken zu
dürfen, mal Machthaber mit Autokratieallüren
zu spielen. Träume sind Schäume steht an

der Himmelspforte. Ja, hätte man mir das doch mal früher sagen können, dann wäre ich natürlich erst gar nicht mitgegangen. Und überhaupt, wer hat eigentlich den Samen gesetzt, mit dem all das Elend begonnen hat? Erstaunlich, dass es hierauf keine Antworten gibt. Nur Fragen. Das ist äußerst unbefriedigend. Und die kleinen Freuden sind so schal, dass man sich dafür eher schämen sollte, anstatt dankbar sein zu dürfen. Wir können in diesem System nicht überleben, da Systeme immer Anpassung verlangen, anstatt Andersartigkeit zuzulassen. Das ist tragisch, weil davon nur ein paar wenige Menschen profitieren, nämlich die Betreiber des Systems selbst und nicht dessen Aufrechterhalter. Und von wegen Mitbestimmung: Nur die am besten Angepassten dürfen in den Zirkel der Macht teilhaben. Alle anderen bekommen ein paar Brocken hingeworfen, damit sie sich das Gefühl von Selbstbestimmung und Mitwirkung blind einreden können. Nun, im Zuge der Suche nach der Lösung aus der Unterdrückung ist man öffentlich auf der Flucht, weil man nicht den Anschein eines Dissidenten erwecken darf. Die innere Freiheit bezieht sich darauf, dass man das System von innen heraus kritisieren darf, aber nicht von außen. Elemente des Systems können hinterfragt werden, aber nicht das System als solches. Das ist Tabu in der Systemwelt der Industriestaatengemeinschaft. Der Einzelne ist nichts, das System ist alles. Willkommen im kapitalistischen Sozialismus!

Ich liebe dich sehr

Mein Herz, es ruft nach deinem Namen,
lässt mich rastlos sein und gramen,
Fehler mache ich gar gerne nicht,
doch sie haben mich nun voll erwischt,
ich schäme mich so sehr für mich,
weiß einfach nur: ich liebe dich,
Nun hoffe ich und bete sehr,
dich zu berühren umso mehr,
dein Herz gar zu erreichen und zu heilen,
indem wir Schmerz und Freude teilen,
beisammen sind und uns erfreuen
an uns und unserer beider Träume.
Schatz, ich liebe dich, ich weiß es fällt dir
schwer,
es anzunehmen umso mehr,
doch schau mich an, was soll ich tun?
Ich kann nur sagen: Ich liebe dich sehr.

Verlassenwerden

Ohne Liebe gibt's kein Licht.

Wenn wir es lassen, geschieht es einfach.
Wenn wir daran festhalten, lauert es länger.
Wenn wir weinen, spülen wir den Schmerz heraus.
Wenn wir hoffen, tanzt der Kopf mit dem Bauch.
Wenn wir es erkennen, schneidet die Wut große Wunden.
Wenn wir machtlos sind, erfahren wir unendliche Leere.
Wenn wir verlassen werden, brennt es lichterloh im Herzen.
Wenn wir aufgeben, gießen wir es in Zement.

Verlassen zu werden ist ein intensiver Moment, vor allem dann, wenn es für den Verlassenen unfreiwillig geschieht. Es ist Energieverdichtung in ihrer Reinform, exakt der gleiche geistige Prozess wie Verliebtsein, mur mit umgekehrten Vorzeichen. Während man beim Verliebtsein in die höchsten Höhen hinaufschwebt, fällt man beim Verlassenwerden in die tiefsten Tiefen, und zwar genauso tief, wie man zuvor hochgeflogen ist. Der Moment, in dem man es erfährt, ist wie ein Feuerbad, in dem alles lichterloh in Flammen steht. Der Schmerz ist unerträglich heiß und verbrennt die Zeit. Es ist, als wird einem der Boden unter den Füßen weggezogen und man fliegt wie eine Fackel lodernd ins Bodenlose, das Licht wird immer dunkler und führt direkt hinein in die Höhle der Finsternis. Ist man nach einem unendlich langen Fall unten in der Dunkelheit angekommen, bohrt sich die Leere in den Bauch hinein und beginnt sich dort einzunisten. Alle Gedanken, alle Handlungen werden vom Schmerz in der Bauchhöhle gesteuert und schreien nach Wiedervereinigung mit dem verlorenen Partner. Eine einzige Frage hängt sich an die Flanken des Leids und souffliert in unendlicher Lautstärke in penetranter Natur das Wort „Warum?". Wie in gelähmter Haltung umklammert einen die Verzweiflung und man blickt gebannt auf die Leinwand einer einstmals monumentalen Liebesgeschichte. Just in diesem Moment wird das Universum getränkt in ein Meer voller Wehklagen und Tränen der Trauer, die Hoffnung schwindet dahin und der Lebensmut verlässt jede Faser des Seins. Der Übergang ins Nirvana erschien noch nie so leicht wie in diesem Augenblick. Im Moment des Übergangs in die Sinnlosigkeit des Lebens greift die Hand in Leere und man beginnt zu taumeln im Wirrwarr der Gefühle. Dabei mischt sich wütender Fatalismus unter die Haut, man wird von einem unbändigen Drang, alles zu zerstören, förmlich überfallen bei dem beißenden Wunsch, sich am liebsten die Seele aus dem Leib zu reißen, nur damit der pulsierende Kummer endlich ein Ende nimmt. Doch der Entzug von der einstmals innigen Verbindung hält das Herz gefangen im Klagegriff verletzter Emotionen. Es gibt aber kein Entrinnen,

Bilder der geliebten Person drehen sich im Kreis vor dem geistigen Auge und ziehen einen in ihren Bann. Immer wieder keimt ein klarer Gedanke auf: Bitte komm zurück! Doch niemand kommt – der Stuhl bleibt unbesetzt, das Bett ist leer, der Blick auf das Handy bestimmt all deine Begehr und am Ende siegt die Lustlosigkeit an allem. In dieser Phase sitzt man auf dem Thron höchsten Schmerzes und ist unfähig zu regieren. Die Abschiedstrauer bahnt sich ihren Weg in Eingedenk des Verlassenwerdens als Sinnbild des seelischen Todes.

Über die Gleichheit

Alle Menschen sind gleich. Das ist eine Mär. Alle Menschen sind unterschiedlich und ähneln sich in vielerlei Hinsicht. Und weil alle Menschen mit unterschiedlichen und gleichsam ähnlichen Persönlichkeiten, Charakteren, Kompetenzen und Talenten ausgestattet sind, können sich all diese Menschen es sich erlauben, ausgestattet mit den gleichen Rechten, kooperativ miteinander zu verbinden. Die Unterschiedlichkeit der Menschen ist allen Menschen gleich. Und der Ausgleich, die Ergänzung und die Andersartigkeit sorgen dafür, dass alle Menschen ihre wunderbaren Fähigkeiten gleichsam zum Ausdruck und zur Entfaltung bringen dürfen. In dieser Lebenskunst liegt die Gleichheit der Menschen verborgen.

Wo willst du hin?

Es kommt nicht darauf an,
wo du gerade stehst,
es kommt viel mehr darauf an,
wo du hin willst!

Und wenn du nicht weiterkommst,
ist es entscheidend für dein Weiterkommen,
ob du dir Hilfe holst oder nicht!

Wenn du nichts tust,
bleibt alles beim Alten
und es ändert sich nichts!

Erfolg kommt von erfolgen,
erfolgen kann nur das,
was du tust,
um dein Ziel zu erreichen!

Komm, steh' auf und handle!

Liebe ist ein Geschenk

Das Universum stellt die Liebe für alle bedingungslos zur Verfügung. Wir müssen nur zugreifen und sie leben. Es kostet uns weder Kraft, noch benötigen wir hierfür eine besondere Gabe. Und wenn man einen Partner zur Seite gestellt bekommt, dann beginnt sich die Liebe sogar zu Verdoppeln. Und wenn man seine Familie und Freunde liebt, dann vervielfältigt sie sich auf wundersame Weise. Wenn man allerdings seine Liebe auf das Leben und all seine Erscheinungen insgesamt ausweiten kann, dann potenziert sich die Liebe ins Unermessliche. Tja, wer da nicht strahlt vor Glück…

Pädagogik und Leadership

Die Begriffe „Pädagogik" und „Führung" implizieren bei pädagogischen Fachkräften ein ambivalentes Berufsverständnis. Einerseits sind Pädagogen Fachleute, die qua Amtes andere Menschen „führen" und auf der anderen Seite sind es Angestellte, die sich von Vorgesetzten führen lassen müssen. Das ist in diesem Fall eine formale und gleichzeitig emotionale Sandwichposition, mit der Pädagogen und Pädagoginnen im beruflichen Alltag fertig werden müssen. Wer führen will, der muss Verantwortung übernehmen, nämlich einerseits Ziele setzen, Aktionen initiieren, Beziehungen handeln und Ergebnisse überprüfen und andererseits muss man als Geführter Verantwortung rechtfertigen durch das Verfolgen vorgegebener Ziele, die Durchführung konzeptioneller Aktionen, die Pflege von Beziehungen und durch Evaluation seine Arbeitsergebnisse überprüfen lassen. Als Pädagoge/Pädagogin im Angestelltenverhältnis ist man einem antagonistischen Machtgefüge ausgesetzt durch eigene Machtausübung und durch fremde Machtausübung über sich selbst. Die Frage, die sich dabei stellt, ist, ob es Möglichkeiten gibt, um in dieser Machtdiffusion eine konstruktive Orientierung zu erhalten. Und wenn ja, welche?

Mein Weg zur Selbstbestimmung!

Ich werde eine optimistische Haltung einnehmen und positiv denken!
Ich werde meine Anspannung loslassen und mehr Gelassenheit zeigen!
Ich werde meine Distanziertheit ablegen und mehr Nähe zulassen!
Ich werde meine Missachtungen erkennen und meine Aufmerksamkeit schärfen!
Ich werde meine Skepsis überprüfen und hoffnungsvoll leben!
Ich werde meine Orientierungslosigkeit los und mich in meinen Zielen konstruktiv orientieren!
Ich werde ehrlich sein und aufrichtig handeln!
Ich werde mein Misstrauen überwinden und mehr Vertrauen in das Leben setzen!
Ich werde meine Verletzlichkeit erkennen und mich in Nachsicht üben!
Ich werde meine Verbitterung verwandeln und meine Herzlichkeit ausdehnen!
Ich werde meine Einsamkeit überwinden und mich in Solidarität üben!
Ich werde meine Lieblosigkeit verwerfen und liebevoll mit allem eins sein!

Und worin wirst du mehr Selbstbestimmung leben?

Lichtgedanken

Unsere Gedanken werden von Licht befeuert. Jeder Gedanke ist ein Lichtspiel in den Zwischenräumen der Synapsen und zwischen anderen Gedanken. Wir sind von Licht erfüllt und von Geistesblitzen durchzogen. Wir sind Lichtwesen, erschaffen vom „Licht", funktionierend durch Licht und wir gehen zurück ins „Licht". Licht und Gedanken sind praktisch eins = Energie!

Entscheidungsfreiheit

Wir alle sind offene Wesen mit der geistigen Ausstattung der Selbstorganisationsfähigkeit, also der Fähigkeit freie Entscheidungen zu treffen. Ganz gleich, ob wir krank sind, mit einer Behinderung belegt sind, einen Unfall bauen oder uns unglücklich fühlen, egal, welches Schicksal dich auch trifft, du hast in irgendeinem Stadium deiner Existenz für all das, wo du im Moment deines Lebens stehst, den Weg selbst geebnet – du und niemand anders. Also liegt die Fähigkeit allein in dir, jede Entscheidung mit allen Konsequenzen selbst zu treffen – das kann niemand für dich tun! Nur du wirst als du geboren, nur du lebst dein Leben und nur wirst deine eigene Todeserfahrung machen.

Die Freiheit, eigenständig Entscheidungen treffen zu dürfen ist ein universelles Geschenk für unsere Spezies!

Private und universelle Liebe

Was ist der Unterschied zwischen der privaten und der universellen Liebe?

Es ist die Wesensart der menschlichen Liebe zueinander, dass man hier von "Gott" eine tiefe Verbundenheit zum Partner mit auf dem Weg bekommen habe. Es ist das abgetretene Stereotyp: „Ich kann ohne dich nicht leben". Dennoch ist es kein Stereotyp, sondern existenzielle Realität. Wenn das objektive Fundament der Liebe wegbricht, dann bricht das Gebäude zusammen. Denn was nutzt die subjektiv empfundene Liebe, wenn Sie kein Objekt hat, um sich darin zu spiegeln und dadurch zu entfalten. In diesem Bereich liegt der Unterschied: Es gibt eine Liebe, die universell ausgerichtet ist und nicht an eine Person gebunden, andererseits gibt es eine Liebe, die ist an eine Person gebunden und nicht allumfassend ist. Aber das ist es, was Menschen letztlich auch verbindet: Die Gegensätzlichkeit in der Liebesausrichtung. Das ist wie Ying und Yang. Was dem einen fehlt hat der jeweils andere. Daher die gemeinsame Verbindung: Wir haben den Auftrag uns selbstständig zu entwickeln und gleichzeitig auch die Aufgabe, den anderen bei seinem Defizit zu unterstützen und bei dieser Entwicklung voran zu treiben. Und das ist es, was uns Schweben lässt aber auch wieder auf dem Boden zurückbringt. Liebe ist alles und eins zugleich.

Der Wert der Familie

Es heißt, man schätzt einen Wert erst dann, wenn man ihn verloren hat. Das weiß man in der Regel dann am besten, wenn es einen persönlich trifft. Aber was die Familie anbelangt, hat sie einen überdauernden Wert, den man hegen sollte und pflegen muss. Die Familie ist das Wertvollste, was einem überhaupt passieren kann im Leben. So trägt die Liebe innerhalb der Familie die größte Last und bringt dabei gleichsam die größte Freude hervor. Krisen sind dabei Nahrung für die Liebe, die sie in einem wundersamen Verschmelzungsprozess in Entwicklungspotenzial für alle Familienmitglieder umwandelt und sich selbst dabei vervielfacht. Wer die Liebe in der Familie zu schätzen weiß, ist vor einem Wertverlust bestens gefeit!

Danke, dass es euch gibt, meine mir anvertraute Frau und meine mir verantworteten Kinder. Durch euch weiß ich erst, was die Liebe für einen Wert in sich trägt. Danke!

Dauer und Vergänglichkeit

Es sind die Geschwister Dauer und Vergänglichkeit, die uns des Zeitlichen gewahr werden lassen. Sie halten uns fest in ihren Zangen des Chronos und lassen uns spüren, dass manche Dinge für die Ewigkeit geschaffen und andere für den Verfall vorgesehen sind. Und hierin liegt die Tragik, aber auch das Schicksal unseres Lebens verborgen: Während die Liebe eine immerwährende treibende Kraft verkörpert, sind all unsere Bemühungen um Verewigung der Zeitlichkeit anheimgestellt. Und doch können wir Kraft unserer Fähigkeit zu fühlen und zu denken, dem Vergänglichen etwas Dauer abringen, in dem wir unser Leben nach der Liebe ausrichten und somit allem Dasein eine kleine Erinnerung für die Ewigkeit einprägen. Das macht Hoffnung auf mehr…

Traumania

Verlangen

- Gib mir eine Sprache,
die ich in mir fühlen
kann;
- Gib mir eine Heimat,
in der ich mit mir leben
darf;
- Gib mir etwas von dir,
das ich haben
will.

(Vladimir Vlatko Becic, *1951 – +1996)

Am Anfang lockt das Verlangen, die Neugier, die Zugehörigkeit. Was wissen wir? Ist es nicht jenes Geheimnis vom Universum, was uns in Verzückung erstarren lässt und uns zu Bewegung antreibt? Erst im Traum wird das Leben verwirrend und in den Wirrungen des Seins, ist das verstrickte Leben traumhaft, steigt es hinab in die lebendige Traumwelt. Wenn das Leben einem einen Streich spielt, dann ist alles noch in Ordnung. Weil es ist wie ein Tisch bei Fluge, wenn die Ratte die Maus fängt. Immer im Sonnenspiel der Räte ist es ein Kreis, der sich in Bewegung bringt. Alle wissen, dass es nun zu Ende geht, aber einer meint immer, dass es nicht im Sinne der Meise zum Fluge kommt. Dies wissen wir nämlich nicht genau, wenn es beginnt zu hinterfragen, warum es ist, wie es zu sein scheint. Aber es glänzt nie so, wie es angestrahlt wird. Immer wieder singen sie die Lieder, die ihnen in den Kopf kommt, wenn der Mondenschein sich im Glanze der Sonne spiegelt. Darum, ihr irrenden Brüder und Schwestern klagen wir es an, das Sein, mitsamt seinen Spielregeln, die aus dem kleingeistigen Etwas entsprungen und das Göttliche um ein Haaresbreit berührt. Nun, im Schoße derer, die beginnen, das Ganze im Sinne ihrer Abwesenheit schonungslos zu lieben. Entsprechend der Geruchssinne beim Riechen von Suppengewürzen scheint die Kognition in Erinnerung zu schwelgen, mit anderen Worten, was auch immer das Sein ausmacht, es ist gebunden an die Fische der Musik, die im Schwang des Aales zu schwingen beginnen. Wir wissen es nicht, denkt sich der Mausemann, der sich verkleidet hat, um nicht ermuntert zu werden, einen Fuchs zu jagen, denn immer im Fluss des hiesigen Weckers scheint der Schein im Wortsinn. Wer will das schon wissen? So fragt sich der kluge Kopf, der mit Blick in die Flasche zu wanken beginnt. Warum? Weil der Geist nicht von Bestand ist. Alles klar? Das ist auf jeden Fall nicht sicher, wenn man auf der Autobahn ein Buch liest, um den Atem des Lichts erlebbar zu machen. Hilfe! Wir erreichen das Ziel nicht, dachte der Traum und verließ den Raum, doch der verlief sich kaum, kam nicht an und rannte gegen die Wand. Als diese sich öffnete im Angesicht der Vereinnahmung der Materie, ging ihm ein Licht auf, das ihm leuchtete, aber keiner wusste so richtig, wohin das Licht ihn führen würde. Der Weg, das Ziel, das Zeitliche, es ergibt sich im Zeichen der Unmöglichkeit, damit sei der Wunsch erfüllt – dachte man klaglos -, was die Freundin zu einem Eingeständnis veranlasste, sich aufzulösen. Die Lösung ist das Fundament der Fragestellung, gar keine Frage! Das sind Dinge, die wir längst schon wussten, ob der Himmelrichtungen, die wir am Horizont auf ein Rechteck reduzierten. Doch plötzlich hörte das Herz auf zu schlagen, es bog rechts ab und ließ und alle links liegen. Niemand weiß ganz genau, wohin die leisen Sohlen uns tragen. Ins Nirvana der Verunsicherung oder ins Reich der vermauerten Gefühle? Nun, im Blick auf das Dunkle erschient uns das Licht wie ein Komet im Bewusstsein. Hinterlassen die Schweife der Unendlichkeit einen Nachgeschmack der Süße im Salz der pulsierenden Werte. Magst du noch folgen oder wie die Wolken ziehen?

Ok, wenn wir schon von Werten sprechen, dann rollen wir die Essenz aus: Es ist nicht immer so, dass wir Recht haben auf dem Weg unserer Erklärungen der rechten Sachlagen. Wenn wir uns linken, dann vertrauen wir uns nicht mehr. Alles ist so unendlich traurig, wenn wir auf dem Weg zum Planeten des Hasses die Liebe verlieren. Aber es besteht Hoffnung. Wer weiß? Die Hoffnung ist eine Kutsche der Waghalsigkeit im Strudel der Suche nach der ewigen Wahrheit. Von hier aus können wir es drehen und wenden, wie wir es wollen. Nichts ist von Bestand, nur die Veränderung ist beständig. Eine verändernde Beständigkeit sorgt für einen Bestand in der Veränderung. Alles ist Veränderung, oder täuschen wir und dabei? Ist es eher der Standpunkt, der sich nicht verändern lässt, wenn der Bestand darauf besteht beständig zu sein? Anscheinend. Denn die Veränderung selbst kann keinen Bestand im Ich beherbergen. Außer im Zentrum des Hurricanes herrscht unendliche Stille, während sich alles Dasein und Denken und Fühlen und jegliche Arte von Willen, um einen herum in Verlässlichkeit aufzulösen scheint. Und wie kommt man da wieder heraus? Es ist eine Büchse mit Deckel. Ist das Gefäß einmal verschlossen, benötigt man einen gordischen Knoten, um darüber nachzudenken, wie man den Deckel öffnen kann. In der Lösung des Knotens kommt alles in Fluss. Und wer meint, dass dies gefährlich sei, der weiß nicht ein Lied zu singen von reißenden Flüssen im Geiste der Freundlichkeit. Ja, im Grunde der Wertlosigkeit vereint sich das Diabolische mit dem Göttlichen Fachbereich der Entscheidungslosigkeit. Fürstlich kommen wir zum Gebot der Andersartigkeit. Dabei hat der Wurm sich mehrere Male gewunden und tut dies wieder und wieder für Stunden. Mit dem Derwisch im Blut springt er in die Flut und wundert sich über seine hohen Gedanken. Die Schule des Lebens erfreut sich des Webens von Gedanken und leckt sich die Wunden. Immer nur ein Stück voraus mit der Maus im Haus. Gibt es

geistige oder materiell gestrickte Werte? Frag'
die Zwerge, die kennen die Berge. In Nibelun-
gentreue halten wir fest an Denkmustern
ohne Sinn und Hintergrund – das alles ist hoh-
ler Schwund. Bei genauerer Betrachtung und
in Achtung befinden wir indes, dass das alles
hat zwar keinen Wert, und doch verteidigen
wir das mit des Denkens Schwert. Oh, mein
Gott, so sind wir flott mit dem Fagott in Freundes Falle und der Haut der Wurst ist am Ende
alles Käse, und das aus Blankenese. Du
kannst nicht mit Sicherheit sagen, was ist dir
lieb und teuer, es ist ungeheuer, brennt wie
Feuer im Herzen der Verkäufer. Das Blatt
wendet sich zugunsten der Ungunst, wird zur
Inbrunst der Lust und verwehrt uns Menschen
das Bullauge des Blicks auf die innerpsychi-
sche Lage unseres Selbst. Was sind wir uns
schon wert? Ich glaube, mehr als ein heißer
Herd, denn der bringt uns ungleich mehr
Schmerz. Daher fordere immer ein, dass dein
Hund hier ist kein Schwein. Es ist ja auch wirklich unsäglich unerträglich, wenn wir uns hier
diffamieren, kümmert es uns einen Dreck,
kommen wir schnell an Deck. Deshalb gibt es
immer einen Weg ins Gewisse Ungewisse.
Nobody is perfect.

Willst du zur omnipotenten göttlichen Voll-
kommenheit gehören? Immer wieder sonn-
tags kommt die Erinnerung, im Sinne der
Spinne vermag der Truck auf der Straße in
den Wolken sich verspielt spiegeln und avanciert zu einem Dackel. In den verunreinigten

Staaten schimpft der Gnom nach einem Be-
sen. Er will schnell und unbekümmert alles in
Ordnung bringen, weil er spürt, dass er sonst
geholt wird vom Boss der Miliz. Nichtsdestot-
rotz verbirgst du deinen Rotz und speist das
Mus der Unvollkommenheit aus den Finger-
spitzen hinab ins Tal des Jammers. Etwa in
der Telefonleitung vermochtest du Schutz erhalten, während die Leitung dir am Ende of-
fenbarte, was der Sinn des Lebens meint zu
zeigen, viele Situationen mögen hier abzwei-
gen. Wohin? Das weiß nur der Bossa-Nova,
der ist schuld daran, dass du nicht mehr wei-
terweißt. Doch halt, schaue nach linke und
nach rechts und nach oben und nach unten,
voraus und nach hinten, dort gibt es Schin-
ken. Doch wer isst schon Fleisch im Angesicht
des Auges eines Wesens, welches nicht mit
dir nicht kommuniziert im Sinne einer verzwei-
felten Liaison evolutionärer Konnotationen. Im
Vergleich dazu ergibt sich eine Richtungsän-
derung vollzogener Erwachtheit hin zu vollkommener Reinheit. Und selbstverständlich
gibt es immer noch eine dunkle Mondseite,
die in der Regel pulsiert und sich uns zuwen-
det, wenn der Haubentaucher ruft. Meistens
ist es ja so, dass die Ausrufe der Sirenen eine
Warnung beherbergen, womit es sich recht
gut leben lässt, ganz gleich, ob es sich dabei
lediglich um uns oder in der Hauptsache um
Einzelpersonen handelt. Auf des Berges
Spitze hat man meistens eine fantastische
Aussicht, in der sich die Dinge leicht klären
lassen. Es singt der Hase sein Lied zum

Zwitschern der Elefanten, die Vögel fachen und Katzen kratzen im Sand nach Gold. Es sucht ein jeder seinen Weg, den er gehen will, um dort anzukommen, wo er noch nie war, oder doch? Dann gehen wir im Kreis und wissen nicht was des Sinns des Daseins bedeutet. Nachtwandeln und vom Sprungbrett zu springen sind verwunschen Tätigkeiten ohne Halt und doppelten Boden. Von großem Übel ist dabei gepackt die Erwartungshaltung gegenüber der politischen Emanzipation aller gesellschaftlichen Erwägungen. Wo keine Macht eine große Rolle spielt sind die Windungen der Vertiefungen in der Sachthematik. Wollen Sie das in der Tat in Erfahrung bringen? Na dann, schauen wir uns diesen Zusammenhang einmal im Detail an: Ellenlange Debatten im Sinne einer nutzlosen Sinnhaftigkeit aller Entscheidungen. Das führt schlussendlich zu allem und nichts. Welch gigantische Aussage! Womit wir die Qualität der Analyse beflügelt und in ihrer Absolutheit verdreht haben. Hierin liegt die Handlungsfähigkeit per se. Unten am Abgrund liegt das Unerreichbare. Wir werden das anscheinend immer nie erreichen können zu wollen. Die Zielhaftigkeit ist nur konsequent erfolgreich und schließt mit einem vollkommenen Kreis der Liebe ab.

Sind wir eins mit allem? Sind wir alle eins? Wo ist der Treffpunkt von allem und eins? Eventuell sind die Eventualitäten der Emotionen zweifelhaft aufgestellt, damit im Prozess der

Verdauungsprozedur sich in seiner Verquickung modelliert. Vielerlei Extremitäten ergreifen die Initiative, um voranzukommen, hinaus ins Ungewisse zu gehen und erfahrungsbezogen erlebbares vernünftig zu bewerkstelligen.

In der Ungeduld der Verzückung
liegt der Stein der Weisheit,
vergraben,
es wird laut, wenn der Adler schweigt
und sein Totem in die Tiefe steigt,
im Hang der Sterne
scheint der Schrei des Lichts,
verblasst
die innere Stimme im Raum des Nichts,
es grämt sich der Wurm
im Strudel der Zeit,
er meint, er hätte niemals Zeit,
ergeben
huscht das Denken gesiebt, gereinigt,
die Emotionen fühlen sich gesteinigt,
dabei wird nichts so heiß gegessen wie's gekocht,
so mancher auf dem Recht gepocht,
es gibt ein Hauch von Zärtlichkeit
verbannt im Herzen nur zu zweit.

Oh, Kinderlein kommet, oh, kommet doch bald, singt das Lied von Mehrsamkeit. Zerschellt das Wort im Keim verlinkt, es stinkt, versinkt und mimt ein Schatten seines Selbst. Wer spiegelt sich an der Wand im fremden Land und begibt sich inmitten der lausigen

Kraft auf des Baumes Ast. Egal, es spielt sowieso keine Rolle, was wir denken und wohin wir wollen, die Rakete begibt sich in die Luft, erhebt ihr Antlitz mit großem Duft, das Geld verfließt und hinterlässt einen riesigen Frust. Dagegen setzen wir an zum Schwenk der großen Lust, was uns beflügelt zu werden was wir waren, und suchen das wonach wir werden sollen im Jetzt und Gleich – springen in den großen Teich. Die Frösche quaken und lachen mich aus, ich schreie: „Wie komme ich hier nur wieder raus?" Verklebt wie Fliegen an den Schlünden der Unken, komme ich nicht weg und bin versunken. Wie ein Reich nur ohne König, verdunstet mein Wunsch mit Kind und Kegel. Ich halte mich nicht mehr an die Regel, ich bin halt ein unbändiger Flegel. Tja, und die Moral von der Geschicht', verlorene Flügel lügen nicht. Kaum zu glauben, so ein Nonsens, wer weiß schon genau wer warum hier klatscht. Worte, Worte, ohne Worte, es ist ein Hort der erhöhten Orte. Dort leben die Wesen mit Flügeln auf der Zunge, mit Hauben auf den Augen und blicken mit den Zehen auf das Meer voller Feen. Im Vielvöllegefühl ermahnt mich das Zünglein auf der Waage. Und schwupps, bin ich unverfroren verloren und schmelze dahin im Fluss des surrealistischen verschwörungstheoretischen Schlamms. Niemals aber will er so sein wie die anderen, um so sehr will er gehen wie ein Wanderer, damit er seinen abgetretenen Pfad nicht immer wiederholend erwischen muss. Das weiß jedoch niemand. Und ob er das weiß, dass es niemand weiß? Wer weiß? Zum Glück, sonst wird es ihm übel und die anderen empfinden das als äußerst unangenehm. Es ist auch sehr schwer nachzuvollziehen, wohin die verschlungene Ebene ihre Greifer ausfährt, um nach den verschiedenen Himmeln Ausschau zu halten. Die holde Maid hat halt kein Kleid, für den Ball, der in der Regel nicht nur rund, sondern vor allem ziemlich kalt ist. Da will doch keiner hin, sagte der Rabe und verschenkte die Gabe, nämlich das Rad der Verlogenheit in den Kreisen seiner verdorrten Wirte. Sie hängen in den Seilen und sehen sie Scheiße von weitem dampfen. Als Zeichen der Verruchtheit sind sie abgezischt und sprießen im Jargon der unveränderten Millionäre den Kram, den sie immer von sich geben – die Ärmsten der Armen. Eine Armada der verschwundenen Sippen geht von dannen und schwingt sich in die Tannen. Verschworen, geschoren und enthoben, stiegen die meisten Lütten in den Schober, um dort zu verlottern mitsamt den Hühnern und ihren Dottern. Schotterdonner und Weizenstein, Hirsemambo und Ziegenschwips, was soll denn sein im Sonnenschein, wenn nicht der Reim vermaledeit und auf dem Pferde reitet. Am runden Tische sitzen die Liebenden und verstauchen sich die Schieferdächer auf des Kellers Asseln. Halleluja singen die gebrochenen Götter im Schürzenkleid und versinken im Liebeskeim der Ewigkeit.

Zwischen Kopf und Bauch schlägt das Herz und sucht den Schmerz mitsamt der lockeren heiligen Masse, die zu einem Meeresrauschen verkommt. Unsinn! Ruft das Herz. Wichtig! Ruft der Verstand! Wibbelwabbel! Ruft der Bauch. Tja, das tuts auch. Man beobachte eine Runde redender Leute von heute, die sind auch nicht anders als die Ahnen mit Fahnen. Lass das Boot in die Lahn und der Kahn kann fahren. Immer dem Flusslauf entlang, entgegen der Wellen der Flut mit viel, viel Wut geht es schnurstracks in die Glut. Es verdunstet der Schaum des Hustenreizes im Schwamm der Luftpolster aller Glocken, die ununterbrochen läuten. Hört, hört und glaubet mir, das was hier steht, ist leckerer als Bier und verfolgt die stete Gier. Fest scheint der Grund des Wiesengoldes zu sein, denn was wir tun ist eine Hand voll Gestein. Wir lenken hier ein und finden es fein. Alle rufen: So soll es sein. Seltsam im Strudel zu wandeln, denn es geht die Wände entlang, immer links herum zum Ausgang hinauf – schnauf, schnauf. Weiter, weiter, immer weiter, rufen die Kleider der Leiter. Oder waren es die Reiter der Weiber? Man munkelt noch und kommt im Jahre irgendwann nach Schulterschluss zu einem, oder gar keinem Ergebnis. Es ist ja auch leicht, so zu tun, als sein man ein Hologramm. Nichts kann einen so tief bewegen, wie ein Armel im Wind. Wer taucht da ab, geschwind? Es ist das Logo mit dem Schwert. Aber so einfach ist das nicht zu haben. Denn wenn es das Sonstige nicht gibt, wird das Konkrete zur Farce. Ganz einfach. Oder? Wenn man eine Treppe abwärts hinaufstapft, dann erfolgt eine Rückwärtsbewegung reziprok zu ihrer Laufrichtung entgegengesetzt der Modulationsintension des Betrachters. Kann ja eigentlich auch nicht so ganz sein, weil die elementaren Eliten ihren Bachlauf in Sitzposition ausrichten. Klartext: Alle Macht geht dem Volke verloren, wenn die Bauern nicht mehr anbauen wollen. Denn hier kommt es zu einer Kontroversen mit den Gewaltenteilungen. Zum einen macht sowieso die eine Teilgesellschaft was sie will und die andere auch. Am Ende macht jeder was er will, ohne zu machen was er soll und sowohl mitsamt dem Willen der Minderheit. Da soll mal einer mit klarkommen. Wie auch? Es ist ja mittlerweile hinlänglich bekannt, dass man in Saus und Braus lebt, wenn man nicht darauf achtet, dass die hedonistischen Bestrebungen in Ketten gelegt werden. Weil es nicht sein kann, was nicht sein darf, ist es im Umkehrschluss unmöglich, nicht zu können was man will ohne zu wollen was man nicht kann. Federweiser trinken ist das eine, aber sich aus einem Graben zu winden, ohne die Zellteilung zu beeinträchtigen ist das weitere. Das andere haben wir geflissentlich vernachlässigt, weil es das nicht gibt, oder zumindest nicht signifikant auffällt. Das mit dem Existenzdasein ist schon eine vertrackte Angelegenheit. Wann auch immer das Bewusstsein sich selbst reflektiert, zerfällt die Reflexion in ihre Bestandteile. Ein buntes Treiben ist die

Folge infolgedessen die Folgsamkeit in Einsamkeit sich wandelt, wie ein Schmetterling sich ein eine Raupe zurück verwandelt. Ist das nicht irre? So ganz ist das allerdings nicht zu fassen. Wie auch? Gedanken sind flüchtig und bedürfen eines behäbigen Fundamentes, damit sie am Ende nicht ganz zerbröseln. Das ist in etwa so wie bei einem Vierbeiner, der sich auf den Rücken legt und nicht mehr in der Lage ist, sich umzudrehen. Der Käfer hätte nur die Laufrichtung ändern sollen, damit er vom Kanapee herunterkommt. Ansonsten frisst die Katze das Mauseloch, in dem der fette Braten zu riechen ist. Löcherkäse ist hier das Stichwort, weil der beste Geschmack in den Löchern steckt. Die gelbe, wabbelnde Masse ist nur lästiges Beiwerk. Beim Biss fliegen die Löcher in den Käse – aber das ist den meisten Menschen sowieso alles Wurst. Unglaublich, was da vor sich geht. Chaos in seiner Reinform. Womit wir beim Thema der Unveränderbarkeit der Wahrheit angekommen sind. Die lässt sich einfach nicht bewegen und liegt auf den Lippen wie der Grind der Wunde. Erst wenn wir die Wahrheit wegkratzen wollen, blubbert der Schwachsinn aus den Venen der Fantasie in die Klangschale der Wegweisung verwunderter Kreaturen.

Das Schadstoffarme der Stuhlsitzkissen ist es was uns so bequem erscheinen lässt. Sitzt man einmal auf einem Müllberg, beispielsweise auf dem Monte Scherpelino in Offenbach am Main, dann hilft kein Wehklagen mehr, es ist und bleibt alles ein einziger Scherbenhaufen. Überzogen ist die Annahme der Wechselwirkungen in der Stimmungsschwankung anhand der Ampelregelung, ob wir weiterkommen oder stecken bleiben. Dazwischen gibt es kaum eine Haltung, die uns ins Wunderland vertreibt. Sitzenbleiben ist nicht nur eine Schulangelegenheit, sondern mit Diäten verhaftet, ganz gleich, wie viel man sich bewegt. Die Bewegungslosigkeit der Bewegung ist an der Halterung der Befestigung gekoppelt. Daran lässt sich das Steuer herumreißen. Vogelgezwitscher ist Reichtum und Schneckenschreie sind verwundbar. Im Sinne der extraordinären Verhätschelung geht man ohne Weiters auf Grundeis und sieht wie durch ein Fernglas die Dinge ohne Fraktalmomente. Kaleidoskopische Perspektivenvielfalt macht das Wesen der Omnipotenz aus. Wer es schafft, sich durch die Windungen zu lotsen, der ist in der Lage, die Himmelsrichtungen zu bestimmen, ohne zu tief ins Glas geschaut zu haben. Etwa im Sinne einer gut gemeinten Spirale, wird das Objekt im Tanz zu einem sanften Hingleiten inmitten der Stimmung eines Derwischs, der sein Himmelszelt im Freudenschein aufgebaut hat und darin sich die Welt in den Kreisen drehend zu vereinnahmen versteht. Im Duktus dieses Zeichens hat sich das universelle und persönliche Sein ineinander verworren und niemand ist in der Lage, diesen Faden der Glückseligkeit zu entwirren. Wohin? Wohin? Nach Mexiko – na, hau' doch endlich ab. Tanze was du bist, denn du bist kein Brett. Vielleicht zu fett, doch nicht fürs Bett, das wäre nett. Knappheit ist der Kern des wohlverdienten Hamsterns, aber nur die die Dinge, die sonst immer nicht viel zu haben oder nicht mehr zu haben zu sein scheinen. Wer will das schon so genau bemessen haben? Der Weinbesitzer als Architekt der vergessenen Erhebungen im Verlies vergangenen Bewusstseins. Alle Achtung! Wir überleben den Nebel. Am Ende sehen wir wieder zurück in die verschwommenen Niederungen der vergessenen Gedanken und aufgewühlten Gefühlschwankungen. Es geht im Grund um die Zerstörung der Unzerstörbarkeit, unkaputtbar, Verniedlichung und Selbstverleugnung im Zeichen der Verweichlichung ist des Pudels Rutenspitze. Nikolaus, Rumpelstilzchen und Rübezahl sind alle drei in den Stiefletten des gestiefelten Katers nach Bremen stolziert, um die Musik dem Handkäse aus Frankfurt am Main die Ehre zu erweisen. Doch wir werden allesamt schon immer stärker als jetzt gewesen sein. Sagenhaft sind die Erzählungen der Mäuse im Hochhaus der selbstständigen Lemminge, die sich wagemutig in den Kanal der versunkenden Strudel im schwarzen Loch der glücklichen Besiegelung universeller Gedanken verschwinden. Gedanken, flüchtige Bewegungen in einer bewegten Welt, hinausgetragen in das Sein des Seins für unsereins, beiläufig allesamt gedemütigt und im Siegestaumel der atomaren Elementenparty für automatisierte molokulare Strukturen im traumatisierten Spiegel der

Zeitlosigkeit. Wer dabei verschmutzt, der braucht dringend eine Weile für die Eile. Das Brauchtum hat sich selbst aufgelöst. Jedes an dieser Stelle eindeutig identifizierte Problem ist somit für immer vernebelt. Es gibt kein Durchkommen mehr. Wer Klarheit sucht sollte dringend nach Informationen tauchen und die Vereinigung differenzieren. Doch wer traut sich das schon zu? Vielleicht der Elch auf dem Vulkan.

Gelegenheit mach Verse, oder Gegenteile machen Antagonismen im Schatten der Dunkelheit wird das Licht erhellt und strahlt grell ins universelle Dasein. Wer mag, kann den „Fluss des Lebens" richtigstellen:

Da will ich auch nicht wieder hin,
Das ist halt meine Weise:
Das Leben dort erschreckte mich
das sag ich unumwunden.
Das Schicksal sagte: Nein!
Doch ging es nicht zurück, oh weh!
dort lebe ich jetzt ganz allein.
Du musst dafür das Deine tun
Ein Fluss, auch einer von Gewicht
Es zog mich wieder an den Main,
Gelebt, geliebt am Main.
Ich fand das Leben fürchterlich.
Ich lebe gern an Flüssen,
Ich lebte dann am Rhein.
Ich musste schnurstracks an die Spree,
ins großstädtische Berlin.
Nun leb ich wieder unten.

sie ließen mich denn Wissen:
Und nicht an fremden Flüssen ruh'n.
Zum Glücke einzig reicht er nicht.

Die Folge des verspielten Verwirrtseins sollte
im Kreis der Narren umrahmt von erforderli-
chen Worten vereinnahmt sein:

- Warum spielen wir,
wenn wir nicht lachen
können?
- Warum lachen wir,
wenn wir nicht spielen
dürfen?
- Warum muss unser Spiel
ernst,
statt ernstgemeint sein?

Mag genau das der erwartete Spielraum der
Gedankenversunkenheit darstellen, damit die
Extraterresten ihren Glauben an den Homo
Sapiens verspielen? Nein, oder, doch: ja, es
kann sein, dass es nicht sein kann. Denn, was
nicht sein kann, kann doch sein unter den Um-
ständen des Nichtseins im Zuge des Daseins.
Verstanden? Nein? Ja? Vielleicht? Bedingungslos? Vergeblich? Erhaben? Zerstoben?
Erobert? Verlogen? Zerstoben? Mit Kerosin
betankt. Mit der Freiheit bedankt. An Corona
erkrankt. Alles ziemlich verspannt. Verrückt,
oder? Wussten Sie schon, dass das Verrückte mehr normal ist als die anderen Denken können? Nein, wussten Sie das noch
nicht? Na, dann will ich Ihnen das mal

erklären. Immer wenn Verrückte auf Normale treffen, explodiert eine Welt. Es rauscht und zischt wie eine Schlange im Wind. Oder ein Löwe im Aquarium. Und das hat Folgen für die Atmosphäre im veröffentlichten Leben. Niemals kann es sein, dass eine Spinne weben könnte, oder haben Sie jemals einen Weber spinnen gesehen? Also, ich kenne das tapfere Schneiderlein. Das hat einmal einen Käse stinken lassen und ein Vögelchen als Stein ausgegeben. Ganz schön gewieft, das kleine Männchen. Der Vogel hat dem Riesen auf den Kopf geschissen, der Käse ist ihm ins Gehirn gekrochen, so dass er sich zu einem Zwerg entwickelte. Doch wer kauft schon einen Riesenzwerg, wenn der Zwergenriese auch nicht genau weiß, wer er zu sein scheint. Also, es ist nicht so einfach, die Größe in den Umrissen exakt zu bestimmen, wenn man nicht genau hingeschaut hat, ob das Ganze überhaupt funktioniert oder nicht. Nun, das ist einer der vielbesagten Gründe, warum wir Fragen stellen, aber sie niemals wirklich absolut beantworten können. Wir verlieren uns in unendlichen Spekulationen, weil sich alles irgendwie ständig ändert. Niemand hat einen verlässlichen Plan, um die Dinge erklären zu können, geschweige denn ihnen auf den Grund zu gehen. Das ist doch alles viel zu tief für uns alle. Wer mag schon so tief sinken, wenn man hoch singen kann? Das Hohelied der Dummheit ist eines der Meisterschaften des Menschen im Hamsterrad. Wo soll der arme Zwerg auch hin, wenn es nicht weiter geht? Immer im Kreis zu rennen ist irgendwie erlahmend. Also heißt es seit neustem: raus aus dem Alltag und hinein in die verdrehten Welten, denn darin haben es diese Leute bereits zum Master gebracht. Die Wissenschaft ist eine grausame Irrung, die in den Wirrungen der Empirie ständig ihre Gefieder glattstreicht, um nicht aufzufallen oder irgendwie, um etwas lästiges von sich wegwischen zu wollen. Denn schließlich wollen alle Gelehrten gescheit dreinschauen. Aber wie das nun mal mit der Masse so ist: Wenn alle das gleiche denken, kommt überall dasselbe heraus. Wie einsam das doch ist. Wie elegant, eloquent, vermaledeit. Armes Akademikertum. Wie soll das nur mal mit dir enden. Du bist längst schon überholt von Tun und Praxis. Lässt dich blenden von Menschen mit Macht und du sagst lapidar: macht nix. Ja anstatt du dich zur Wehr setzt, hast schließlich alle kognitiven Voraussetzungen dazu, die Dummheit der Politik nieder zu argumentieren. Aber du hast Angst in der Hose und das lähmt dich, macht dich klein und Wortlos. Du bist der Anpassungsmeister vom Allerfeinsten, ohne Mumm und Kraft in den Knochen. Erbärmlicher Ärmel, flatterst lose im Wind, geschwind dahin und legst dich grämend zu den Ahnen.

Eine Saftpresse ist ein Instrument, um Knatschgeräusche zu erzeugen. Unfassbar, aber der Selbstverzicht ist eine moralische Achterbahn, bei der jeder anderes reagiert. Die einen sind egoistisch, die anderen egozentrisch, die anderen anderen egomanisch, die anders anderen egosophisch, wiederum die anders anderen anderen egoosmotisch und schlussendlich die anderen anders anderen egophotosynthetisch. Und das alles ohne Hypotenuse im Sinne einer Hypothese unter dem Blickwinkel der Hypochondrie ohne Prämisse der Hypotonie. Dabei ist der Hypothalamus so hypokratisch als Hypocampus erfahrungsverzichtend. Im Abseits verwinkelt sich das Offenbare in der Quadratur des Kreises. Ist das nicht so? Abscheulich – mehr davon! Super druper, lights ar gonna blind me, but I meet the sunglases at night. Verlustverschwurbelt, aber was kann das schon dafür, dass es so daniederliegt, ganz ohne Scham und Bein. Tja, mein Freund, du hast Recht, wenn du sagt: Du wohnst schon eine ganze Weile hier im Rattus Thalus, über dreizehneinhalb Jahre ohne die Jahre davor und danach, und du hast alle Höhen und Tiefen dieses städtischen Etablissement ohne Ruhe und Ausgeglichenheit miterlebt: Von Drogen- und Alkoholabhängigen Nachbarn, Freunden, Fremden und Aliens bis hin zum Zoff bei den Zofen, der Tod des Herrn der Zofen, der Tod eines Freundes des Todes einer Nachbarsfreundin, ich habe Leute ein- und ausziehen sehen. Es ist im Grunde wie in einem Hotel California: Elend und auch viel Freude, Heftiges und Deftiges, Großes und Kleines. Ich habe immer sehr gerne hier gewohnt haben wollen, wenn ich es nicht hätte müssen wollen. Und wäre meine geliebte Seifenblase nicht so schnell verstorben - ich hatte damit ja allerspätestens nächstes Frühjahr gerechnet haben wollen - dann würde ich noch weiterhin gerne hier weiter gewohnt haben wollen sollen. Schon alleine wegen unserer beider mittlerweile gut verwachsenen freundschaftlichen Nachbarschaft ohne Nektarsaft. Aber das Leben geht weiter und wir beide bleiben im Kontrakt mit viel Fruchtsaft, frühestens wieder morgen, denn nichts bleibt im Gestern, in diesem ehrenwerten Haus, mit der verehrten Maus. Lustig und vergnügt, bis der Arsch im Sarge liegt, wie die Gewählten hier im Staate so mit ihren Wählern umgehen. Von den Plakaten lachen Sie sich hämisch an und schreien dir ins Bewusstsein: Wähl mich, denn ich quäl' dich. Und wie es die Dummheit will, lässt sie sich von ihrem selbst gewählten Henker zur Schlachtbank führen. Da kann das ganz doch nicht mit rechten Dingen vorgehen. Daher wollen wir die Gewählten ins Fass der Gülle werfen und ihre eigene Scheiße süffeln lassen, denn nur so kann der Drache sich befreien aus den Klauen der Peiniger. Papperlapapp, halt' die Klapp'. Wir sind verantwortungsbewusst und hochbegabt für diesen tiefstapelnden Job des Entscheidungskarussells. Wer hoch fliegt will tief landen, oder so. Und noch was: Immer, wenn man im Schnabel der Ente den Ofen anwirft, dann kann es passieren, dass man im Bullauge des Allermächtigsten sitzt und über diverse Schicksale sinniert. Daher weht also der Wind: Nichts ist, wie es scheint, alles ist so, wie wir es uns nicht einmal annähernd ausmalen können. Dafür fehlt uns die absolute Buntheit. Kommt ein Lichtlein geflogen, gibt uns Wissen für kurze Zeit. Kommt kein Wissen geflogen, gibt's kein Lichtlein in der Stube. Dumpf. Da sitzen wir in der Dunkelkammer und haben kein Glück. Doch des einen Glück ist des Anderen Pech. Und so kommen wir noch einmal mit dem blauen Auge davon. Doch davon haben wir nichts. Wir sind die vermiedenen Nobodys, die allesamt perfekt erscheinen. Doch im Schatten des Lichtes betrachtet scheint es schon so zu sein, dass man im Handumdrehen die Dinge nicht von oben betrachten kann, sondern den Blick nach unten richten muss, um hier allerhand wegzuarbeiten. Die Sachen müssen erledigt werden. Da sind wir ganz in den Sachzwängen gefangen. Du und ich. Ich und du. Wir zusammen sind Müllers Kuh. Na, dann, wollen wir uns einmal umdrehen und das Verzerrte von Rückwärts betrachten, weil wir in dieser Szenerie die Sinne justieren müssen, um zu begreifen, wo es tatsächlich lang gehen könnte. Etwa in Rage könnte man sich schreien, wenn es die Stimmbildungen zugeschnitten hätten. Wer hat dabei die Uhr gedreht? Ist es der Teufel mit dem Bart, oder ist es Gott in seiner Art? Wer wettet schon darum? Der wäre ganz schön dumm. Daher lassen wir das besser mal sein, nicht wahr? Im Übrigen haben wir es uns nicht mitteilen lassen, dass es noch immer um Kriegsangelegenheiten geht, weil es noch gar keinen Frieden gibt. Denn Frieden ist Krieg und Krieg ist Frieden. Niemand hat vor den Status Quo zu verändern. Und schon hatten wir Mauer und Corona. Nicht nur das zu verstehen sind wir nicht imstande, weil wir nicht mitreden dürfen. Wir dürfen im Teich schwimmen gehen und zwischen unterschiedlichen unsinnigen Dingen entscheiden, aber das Zentralkomitee trifft alle Erscheinungen im Äther der Unmöglichkeit. Wo denn auch sonst? Es heißt ja, der Mensch ist unterdrückt von Außerirdischen. Oder unterdrücken wir die Aliens? Vielleicht unterdrücken wir uns gegenseitig? Oder ist das Gegenseitige selbst unterdrückt? Wer drückt hier eigentlich welche Knöpfe? Möglicherweise ist es gar nicht so ratsam, dass wir alles Weise weise weißeln. Kohlköpfe und Rübenkraut sind der Erde pommes des terres, und sie fragen sich: sind wir wer? Komisch will sich der Fisch in die Schuppen beißen, dabei kann er nicht mal schleichen und möchte allen das Wasser reichen. Was macht man eigentlich, wenn man einen Wutpickel mitten auf der Nase hat? Wir reden leise von einer Meise, die das ABC verlautbart mit einem Haufen Kleister. Denn: Hast du Scheiße in der Tasche, hast du immer was zu Naschen, das Reh springt hoch, das Reh springt weit, warum auch nicht, es hat ja Zeit. Jetzt wissen wir es: Alles hat einen Sinn. Wir ahnen nur nicht welchen. Das ist die Tragik unseres Daseins. Das Bewusstsein gaukelt uns vor, wir seien existent. Dabei schauen wir nur in den Spiegel und blicken an dem Gegenüber haarscharf vorbei bis in die unendlichen Tiefen des Schwarzen Lochs. Niemals kämen wir auf den Gedanken, uns tief in die eigenen Augen zu schauen: cause the man in the mirror had sad eyes. Schadhaft wollen wir uns schadfrei halten und weisen alles Makellose von uns. Immer sind die anderen an allem schuld. Es erscheint frappierend, wie man das Erlauchte schwindeln lässt.

Morgen ist ein vergangener Tag, denn morgen ist übermorgen gestern und nichts ist älter als die Zeitung von morgen. Wahrlich, ich sage euch: das ist nicht vorbei. Es geht erst los und kann nicht mehr rückgängig gemacht werden, weil das Vergangene erst noch stattzufinden hat in dem Sinne, in dem das Zukünftige längst schon vergangen ist. Zurück in die Zukunft heißt hier die Devise. Und wenn das nicht mehr zu helfen vermag, dann heißt es aktionistisch: vorwärts in die Vergangenheit. Wer will schon wissen was passiert ist, bevor es überhaupt hätte passieren können? Oder wer mag schon davon gewusst haben, was erst in fern vergangener Zukunft noch stattzufinden vermochte. Du willst in diesem Zusammenhang wissen, was Lichtgedanken und ihre Gegenteile sind? Da sind sie:

Lichtgedanken sind das Gegenteil von

Aberglaube,
Angst,
Ausbeutung,

Besserwisserei,
Blenden,
Defizitdenken,
Demütigungen,
Denunziantentum,
Destruktivität,
Diffamierungen,
Egoismus,
Ellenbogenmentalität,
Falschheit,
Gewalt,
Gier,
Gleichgültigkeit,
Gleichmacherei,
Halbwissen,
Herzlosigkeit,
Hinterhältigkeit,
Ignoranz,
Intoleranz,
Konkurrenzdenken,
Lästern,
Lieblosigkeit,
Lügen,
Machtgehabe,
Missachtung,
Missbrauch,
Misstrauen,
Mitläufertum,
Mobbing,
Pessimismus,
Provokantentum,
Rechthaberei,
Schlechtreden,
Übereifer,

Überheblichkeit,
Unnachgiebigkeit,
Unreflektiertheit,
Unterdrückung, ·
Verbitterung,
Vertuschung,
Vorverurteilungen.

Wozu dieser Zusammenhang, wenn es auch zusammenhangslos geht? Na, ganz einfach: Wenn der Zusammenhang los ist, ist etwas im Hang zusammen los. Oder aber es ist zusammen im Hang was los, wenn das Los zusammen im Hang ist. Frank liegt krank im Schrank und dann ist zusammen was los (siehe Anhang am Hang). Danke Hanke, für deine ermutigende Nachricht ohne Vorrichtung. Grundsätzlich hast du ja ursächlich Recht im Unrecht. Jeder Schrank sollte im Land für sich selbst erkennen wer er zu sein schienen mag und dabei stabil im Ungleichgewicht genug sein, um in der Welt nicht nur auf einem Bein stehen zu können, sondern auch auf beiden Beinen strahlend scheinen. Dabei ist es unermüdlich zu probieren, seine Liebe zur Erhaltung oder Entfaltung zu bringen. Vor allem, wenn man dabei bedenkt, das mit dem gemeinsamen Schweben und dann wieder auf dem Boden gehen ein Bild darstellt, dass man nicht einfach aufhängen kann, sondern mit einem Sprungtuch zum Erleben vor dem Absprung bringen sollte. Diese Erkenntnis ist allerdings nicht unser alleiniges Verdienst, sondern eine von Gott zur Verfügung gestellte

Standleitung zu bestimmten Bereichen des Wissens. In diesem Bereich wären wir allerdings gerne noch vollkommener und vielseitiger ausgerichtet. Siehe: Ziehe jemanden einen faulen Zahn und es wird ihn schmerzen, nehme jemandem einen gesunden Zahn und es wird ihm nicht guttun. Uns allen scheint es zu gehen wie dem gesunden Zahn, der gerade fault. Dennoch ist es kein Stereotyp, sondern existenzielle Realität wie Ying und Yang. Im Zuge dieser Machenschaften können wir den Frosch durchaus ins Wasser folgen. Es ist in keinerlei Weise unmöglich, das Handy so zu benutzen, dass das Auto und sein Dach nicht überhitzen. Dabei finden wir das Durchdachte im Sumpf der Liederschafft. Etwaige Verunsicherungen resultieren aus dem unbekannten Terrain außerhalb unseres Bewusstseins inmitten des Rauschens des Meeres der Verursacher ungewisser Strömungen. Verrat ist das Geheimnis der Flut, die uns überkommt, wenn wir tuscheln und uns ungenügsam übereinander herfallen. So die Tatsache. Doch wer hat an der Wirklichkeit gedreht, so dass es nichts als Erscheinungen gibt, die hier entlang flirren und keine Richtung vorgeben, wo es lang gehen könnte. Wozu auch? Das mag sein, wie es ist, aber so wie es zu sein scheint, ist es lange nicht, denn insbesondere im Signal finden wir den Weg der Weisheit – Glauben wir zumindest alle. Doch lassen wir den Glauben glauben was er will, weil, solange Fliegen hinter Fliegen fliegen, fliegen Fliegen Fliegen fliegend nach. Der

Grund dafür liegt im Sanktnimmerleinstag verborgen und kann niemals ergründet werden. Es ist eine Sinnesfrage, die uns hier bewegt und uns zum Urgrund des Seins führen könnte, wenn wir es denn wollten. Aber wollen wir das? Niemand hat vor irgendetwas zu machen, ohne Grund und ohne Sinn, es sei denn, es sei sinnlos und grundlos, was schon allein dann Wahrhaftigkeit zur Erscheinung bringt, wenn es ausgesprochen wird. Im Schrei des Lichts werden wir taub und im Dunkel des Schalls werden wir blind, es sei denn, die Strahlung vereint sich zu Heilung und vermaledeit das Sorgenkind hin zur Erleuchtung der strahlenden Tonleiter auf und ab in die Gefilden der Unsäglichkeit mitsamt seiner Gust des Glücks. Ups – stehen wir noch da? Dort oben, wo die Geister toben? Dort sind die Stimmen miteinander fast verwoben, doch das Hinschauen ist verboten, denn die Gischt ist hier verschroben. Wo sind sie hin, all die Wogen? Umgezogen? Weggezogen? Hingezogen? Durchgezogen? Abgezogen? Da ist der ganze Mensch verzogen.

Nurminur distrubidu,
Velingitus masamismus,
Ceridakamir vidibus,
Zalandus karambirinus,
Skakerack und kackernack,
blutbefleckt und Hexenschreck,
wohin mit all dem Schwemmenbeck?
That's why we are here!
Es lebe der große Alabanjango!

Es sprach der Zauber aus des Mundes Welt. Der kam des Tages mit ins Zelt. Es ist der Hund, der niemals bellt. Doch wenn schon Schimmel, dann mit Geld.

Fetzen sich die Mengen unter den ausgesuchten Elementen, dann erleben die Atome ihresgleichen, ohne die Masse dazu befragt zu haben. Denn wenn die Masse in der Messe nicht befragt wird, gibt es das heilige Portal des Daseins gar nicht. Eine Erklärung hierzu ist nicht mehr notwendig, weil, die Kohlen sind längst aus dem Feuer geholt und glimmen am Berge des Flussbettes am Fuße des Gipfels im Schein des Schreins. Ach, der gute alte Sonnenschein. Seit über Äonen geht das Strahlen dahin und wirft das Sein auf sich selbst. Denn wenn nichts ist, kann es auch nicht reflektiert werden. Daher existiert es die Sonne nur im Spiegel des göttlichen Selbst. Seltsam ist nur das Schattendasein, welches sich in der Savanne einmal um sich selbst dreht und daher sich in Trance mit einreiht, um hieraus die Erkenntnis der Schläue ohne Reue zu knüpfen. Das kann doch so nicht wahr sein, oder? Wer hätte das gedacht? Nicht einmal der Größte unter den Geringsten hätte erahnen können, dass der Geringste unter den Größten auch nicht mehr ist als das Mittel aller Maße. Mittelmaß, Höchstmaß, Mindestmaß und zurück in die Reise zur Nummer ohne Kummer. Wohin, mit all den gequälten Geistesblitzen? In zu den Mützen? Oder zu den Verschmitzten? Nein, wir unterbrechen die Sendung nun für eine Mitteilung, die so nicht gewollt war:

Was ist größer und weiß nicht wer oder was es ist? Kleiner Tipp: Es ist kleiner und weiß sehr wohl wer oder was es ist. Findet die Lösung!

Ganz im Vertrauen? Ich würde ihn auch nicht hauen – viel mehr darauf bauen, das Ganze nicht vollends zu versauen. Zwiebelringe im Taumodus. Seven days are the solution of the world. Wer die Lösung in den Händen hält, der kann sich mit einer hohen Geschwindigkeit aus dem Problem katapultieren. Ist das nicht traumhaft? Gib einem einen Partner an die Seite und er wird sich beglückend um alles kümmern, denn nur in der Schrittweite der sensitiven Belustigung spielen alle das Schauspiel mit, als seien sie selbst alle Zuschauer mit Fantasiebeklemmungen. Man kann sagen was man möchte, es gibt sowieso kein Ende, weil es auch keinen Anfang gibt. Alles ist zugleich und schon immer da. Wohin wir auch schauen, es ist alles Relativ. Nichts ist absolut und doch vorhanden, als Wahrheit oder Unwahrheit, als Realität, als Irrealität. Alles und nichts wonach wir suchen ist von Belang. Selbst wenn alles vorherbestimmt sein sollte, oder vorgegeben, oder in irgendeiner Form bereits als Kategorie vorhanden, selbst wenn es eine Simulation in einer Matrix sein sollte, dann ist das alles nicht von Belang, weil es keine Bedeutung für nichts und niemanden hat. Nur solange wir leben haben wir die Illusion des Lebens im Gehirn, dass uns den Streich spielt, wir seien alle echt und von enormer Wichtigkeit für die Wirklichkeit. Die Wirklichkeit ist so bunt wie ein Papagei. Wirken tut immer das, was gerade energetisch ansteht. Ob Probleme mit ihren dunklen Farben das Leben flankieren, oder Freudentänze mit ihren hellen Farben für Hochgefühle sorgen, ob ein grauer Alltag das Leben durchzieht oder ob Farblosigkeit das Trostlose kennzeichnen, ob Schwarz-Weißmalerei die Beurteilung über die Wirklichkeit eingrenzt oder ob man sich im Regenbogen Zuhause fühlt, jeder Mensch ist kreativer Schöpfer seines eigenen Lebens, in dem er wirkt. Es kann chaotisch zugehen, wie in einem Strudel im Wasserfall, oder aber es geht harmonisch zu, wie beim Blick zum blauen Himmel bei strahlendem Sonnenschein. Mein lieber Schwan, wer hat da wohl an der Uhr gedreht, dass sie nun falschherum an der Wand hängt, als gäbe es kein Morgen mehr. Dabei ist das alles nur ein großes Missverständnis im Mondenschein, denn die Sonnenstrahlen erreichen dein Antlitz nur im Vorbeigehen, wenn du in der Nacht wandelst. So vernünftig kann doch kein Mensch sein, dass er sich nicht anleint, wenn er auf die Straße geht. ACHTUNG: CORONA! Lach. Die beäugen dich wie in einem Kindersarg. Du weißt nicht, warum und weshalb man dir nachstellt. Es ist schon möglich, dass die Angst der Mächtigen dein Anliegen verwerfen. Gut so. denn hier trennt sich

das Gold vom Blech, dass dir hier gleich weg-
fliegt, will man Spliff Glauben schenken und
an der Bar fragen, was die alle da machen?
Wahrscheinlich nach Mexiko abhauen – aber
das kennen wir schon von weiter oben. Es ist
ja vor allem das Neue, was den Abklatsch
ausmacht. Ein Applaus für die Schöpfung tut
da Wunder. Wer will es dem Schöpfer verden-
ken, dass er so kreativ gewirkt hat? Niemand,
oder. Stell dir mal vor, Jesus von Nazareth
wäre gehängt worden, dann würde er jetzt in
den Kirchen dieser Welt baumeln wie ein Gal-
genmännchen. Es ist schon irgendwie pervers, dass die Leute sich einen halb verwes-
ten Toten am Kreuz an die Wand hängen. Dabei sähe ein Galgenjesus auf einem Fernseh-
gerät auch ganz schick aus, oder? Oder wenn
er erschossen worden wäre, dann könnten wir
ein wunderbares Schauspiel bei Russisch
Roulette bewundern. Krass, gell? Aber gut,
wir essen ja auch Fleisch und lassen zu, dass
Gottes Kreaturen auf qualvolle Weise dahin-
gerafft werden. Lecker – beim Sterben schrei-
ende Kuh und schmerzquieckendes Schwein
oder angstgackerndes Geflügel beim Halsum-
drehen oder bei lebendigem Leibe geschred-
derte männliche Küken (beides knackt so
herrlich, wenn man gut hinhört). Aber wer`s
essen mag, der soll`s tun. Na, dann, guten
Appetit. Es folgt die Perversion in den Höllen-
schlund hinab ins Reich der Zersetzung. Wer
isst schon gerne seinen eigenen Schoßhund?
Ach, so, es ist ja nur eine anonyme Kuh. Ist ja
daher nichts Wert – außer zum Essen

natürlich. Es stellt sich die Frage nach dem Schutz des Lebens. Da liegt es doch nur nahe, Menschen zu schlechten, oder? Sind ja auch nur Lebewesen mit ID-Nummer, also doch nur ein Gegenstand der Bürokratie – also, wie Tiere, auch essbar. Wer das pervers findet, der schaut mal in die Augen einer Kuh und dann in die seines Hundes oder seiner Katze oder blickt mal seinen Vogel im Käfig an! Alle nichts wert? Oder doch? Also was nun? Fleisch essen oder nicht? Na ja, wen stört´s? Uns offensichtlich nicht, sonst würden wir alle vor Scham im Boden versinken ob der Gräueltaten, die wir täglich an der Kreatur zulassen. Ach, wer erhebt sich schon gegenüber dieser moralischen Frage über Gut und Böse. Wir haben doch irgendwie alles einen gewissen Dachschaden und sind nicht fehlerfrei. Dabei hat das Universum alle Türen für uns offengelassen. Wir brauchen nur zu Entscheiden.

Der wahre Horror entsteht ja sowieso erst hinter dem Vorstellbaren, in dem das Unvorstellbare sich offenbart. Es ist, als wenn die Extremitäten auf einer Streckbank aus dem Rumpf gerissen werden. Langsam und fein säuberlich kann man dabei zusehen, wie die Gelenke auseinanderkrachen und der Schmerzschrei des Gepeinigten ins Unermessliche erhallt. Dann dabei zu stehen, sich an diesem Anblick zu amüsieren und am Erfolg der Loslösung der Gliedmaßen einen schallenden Applaus zu klatschen, das muss erhaben sein, das ist das Sein eines wahren kranken Geistes. Aber genau von diesem Geist sind unsere deutschen Behörden, allen Voran die Politiker, beseelt. Die Verschwörung rund um Corona, die die Regierenden und ihre Bürokratieschergen ins Land gerufen haben, dient einzig dazu, die Menschen zu gängeln. Und das System der Desinformation ist ausgeklügelt und funktioniert bei über 90% der Bevölkerung. Die glauben all den Scheiß, den die Regierenden von sich geben. Die könnten sagen: Ihr seid doof und die Leute würden es hinnehmen und von sich glauben, sie seinen doof. Und so ist es mit der Pandemie auch: Sie rufen eine Pandemie aus, gepaart mit einer Portion mortaler Angst und schon machen die Leute, was man ihnen sagt. Die Oberen rufen: Mach einen Test, und die Leute machen einen Test. Sie rufen: Lass dich impfen, und die Leute lassen sich impfen. Sie rufen: Glaub keinen anderen, außer uns, und die Leute glauben blind den Regierenden. Sie befehlen: Sperr dich ein und die Leute sperren sich selbst ein. Dazu noch die Horrordenunziation von kleinen Lichtern, die endlich einmal Hitlers Schergen spielen dürfen im Namen der Demokratie, die noch nie wirklich eine Demokratie war, und unbescholtene und kritische Geister an die Messer der Diktatoren liefern. Und das Lustigste dabei ist: Alle machen bei diesem Coronaschlachten der Kritiker munter mit. Das Ganze erinnert schon ein wenig an den Marktplatz im Mittelalter, in dem die Massen den Tod des am Pranger stehenden blutrünstig und feierlich skandierten. Aber nicht doch, wir leben doch im 21Jahrhundert! Ja, gerade deshalb. Wir haben den guten Anstand vergessen und die gepflegte Umgangsweise mit der Vielfalt haben wir an das Schlachtermesser ausgeliefert. Im Warschauer Ghetto 1943 konnten Kommandanten einfach einen Menschen jüdischen Glaubens erschießen, nur weil er ihm zufällig über den Weg gelaufen ist. Heute hauen sich die Leute in den Supermärkten gegenseitig auf's Maul, wenn einer keine Mund-Nasen-Maske tragen kann und dies mit ärztlichem Attest nachweisen kann, dass er diese Maske aus medizinischen Gründen nicht tragen darf. Aber der Pöbel weiß es ja wie immer besser, weil die Regierenden ihm Glauben machen, dass die Bösen die Nicht-Maskenträger seien, weil diese irrsinnigerweise die Maskenträger mit Corona anstecken würden, und geben dem Schlägercharakter in der Bevölkerung einen Freibrief zum Draufhauen. Wir leben alles andere als in einer zivilisierten Bildungsgesellschaft, wir leben wieder in der Barbarei der Selbstjustiz durch den Denunzianten gedeckt durch die Regierungsschergen. Die bekloppten Politiker sitzen in ihren Elfenbeintürmen, geben Befehle der Unterdrückung nach unten und schauen schmunzelnd zu, wie die Leute erstens ihren eigenen Henker bezahlen und zweitens sich gegenseitig zerfleischen – aber in diesem Modus sind die menschlichen Fleischfresser dieser Zeit ja seit mehreren Jahrzehnten ganz gut geeicht. Wenn man da alles nicht als Horror bezeichnen kann, na, dann weiß ich auch nicht mehr weiter. Um eine friedliebende Gesellschaft handelt es sich bei alledem auf jeden Fall nicht – das ist neolithisches Hordengetue mit Keulenmentalität. Vielleicht dreht ja irgendwann mal jemand einen Horrorfilm mit der Bezeichnung „Der Coronawahn – Wo der Mensch des Menschen Wolf ist".

Aber in Anbetracht der Tatsache, dass sich die Dinge manchmal ganz anders entwickeln können als man selbst es gerne hätte, zeigt doch, wie zerbrechlich Erwartungen und Planungen sein können. Ziele können sich jederzeit verändern. Das nennt man dann Dynamik. Damit haben wir aber alle unsere lieben Schwierigkeiten, weil wir alle der Meinung sind – und so wurden wir gezüchtet -, dass sich das Leben linear entwickelt. Immer schön gradlinig und schwarz-weiß, damit die bunten Zwischentöne uns nicht verwirren und vom Weg abkommen lassen. Und wer will denn schon vom Weg abkommen, womöglich allein gehen müssen, fernab von der Herde, die da blökt und immer nur der Häuptlingsstimme stumpfsinnig nachrennt. Der Chef sagt „spring", und alle springen. Und wer nicht mitspringt, wird als Abtrünniger und Aussätziger behandelt. Denn in der Pumpe der Zeit liegt die Schönheit verborgen. Es ist wundersam, sich darin zu spiegeln und dem entferntesten Gedanken zu folgen, nur um das Gesagte in Form zu gießen und bildhaft werden zu lassen. Da sind die Gedanken transparent und alle können das nachvollziehen, was im Abgrund der Tiefenhöhe an Absurden entsteht, vor allem, wenn die Verzweiflung dem Verziehenem vorgezogen wird, trotz aller Bedanken gegen das Dafür zurate gezogen zu haben, um zu einer Entscheidung vorzudringen.

Sprach der Fisch zum Stachelschwein:
"Ach wie schick, was bist`n du für`n Fisch?"
Das Stachelschwein indes erregt:
"Ich bin kein Fisch, ich bin ein Flugkamel."
"Ach so", gab der Fisch zurück,
"nie gehört, vom Fluggammelfisch."
Das Schwein sprach nun mit List:
"Und wer bist du, ein Brathering?"
Der Fisch aber kontert schlagfertig:
"Nein, nein, ich bin der Jäger aus Kurpfalz."
"Oh Schreck, schnell weg",
rief das Stachelschwein geschwind'
und fraß den Fisch ganz ohne Salz.
So traurig kann es sein, das Leben,
drum lasst uns alle daran kleben,
wer kann uns schon ein bess'res weben?
Niemand wird's uns je vergeben.

Und so sinnen wir den Angelegenheiten nach, als gäbe es kein Morgen mehr. Wir gewinnen den Verlust und verlieren den Gewinn. Wir kommen nicht umhin aus unseren Träumen zu erwachen, um sie traumhaft wahr werden zu lassen. Das Leben selbst ist nichts weiter als ein Traum in einem Traum, der sich in einem Spiegel spiegelt wie in einem Spiegel hinter dem Spiegel. Blicke hinein und hole das beste dabei heraus. Es ist ja nicht so, dass wir am Ende nichts davon haben, nein, wir nehmen uns selbst mit, ganz gleich wohin die Reise geht. Von daher bleibt immer alles beim Alten. Allein die Veränderung ist eine Illusion der Beständigkeit und die Beständigkeit ein Trugschluss der Veränderung. Das Leben reißt einen hinunter in seinen Strudel der Glaubwürdigkeit, wenn wir beginnen zu erwachen und endlich so zu leben wagen wer wir wirklich sind. Alles andere sind träumerische Träumereien ohne Sinn und ohne Bedeutung. Schwärmen wir also von uns selbst und unseren inneren Qualitäten, leben einfach drauf los wie ein Komet, der im All seine eigenen Bahnen zieht, fernab von allen Zwängen und Konventionen. Lass los, was du liebst, und wenn es wiederkommt, dann gehört es zu dir. Ist das nicht traumhaft? Ja, so mancher Traum hat uns ins Leben gerufen und es erst lebenswert gestaltet. Darum, glaube nicht alles, hinterfrage nichts, lebe einfach!

Facettenreichtum

Das Leben ist bunt und mit allen Möglichkeiten ausgestattet. Was heißt das. Sie kommen ungeformt auf die Welt, in Ihnen sind aber bereits alle Farben und Potenziale angelegt. Sie wachsen auf und bilden so allmählich alle inne liegende Fähigkeiten aus. Bis sie ausgewachsen sind, haben Sie alles in sich zur Erscheinung gebracht, womit Sie ausgestattet sind. Danach geht es los, welchen Anstrich Sie Ihrem Leben geben. Schauen Sie sich einmal genau an und blicken Sie darauf, worin Ihre Stärken liegen und welche Schwächen Sie haben. Nehmen Sie in den Blick, was Sie bislang alles erreicht haben und was Sie noch erreichen wollen. Wem sind Sie im Leben alles begegnet und hat Sie eine Weile begleitet, oder begleitet Sie heute noch? Mit welchen Menschen haben Sie keinen Kontakt mehr? Wen haben Sie verloren? Welche Menschen haben Sie geprägt? Welche Träume geistern noch unerledigt in Ihrem Kopf herum? Wie ist Ihre Wohnung eingerichtet? Welchen Job haben Sie? Haben Sie irgendwo einen gewissen Einfluss auf die Entwicklung der Welt? Was finden Sie schön, was abscheulich? Fühlen Sie sich glücklich, mit dem wer sie sind und was Sie haben?

All das, und noch viel mehr, sind Fragen, die, wenn man sie sich ehrlich beantwortet, ein Gesamtbild Ihres bunten Lebens abbilden. Haben Sie den Eindruck, dass Sie ein buntes

Leben führen, oder ist bei Ihnen eher alles Alltagsgrau? Es liegt ganz bei Ihnen, ob Sie das Leben als facettenreich oder als ziemlich öde bezeichnen. Aber allem zum Trotz, ist Ihr Leben nicht linear verlaufen, sondern kurvenreich, mit Höhen und Tiefen, mal vorwärts, mal wieder rückwärts, mir Freuden und Rückschlägen sowie mit Hoffnungen und Enttäuschungen. Und gerade Ihre Erlebnisse und Ihre Erfahrungen machen die persönliche Note Ihrer Persönlichkeit aus und gestalten somit Ihr Leben.

Und dann können Sie sich auch einmal hinterfragen, wie Sie mit anderen Menschen umgehen. Gehen Sie mit ihnen so um, wie es gerne hätten, wie man mit Ihnen umgehen sollte? Ober wie reagieren Sie ganz typisch auf bestimmte Situationen, zum Beispiel, wenn man Sie kritisiert, oder Ihnen Komplimente macht? Worin stimmen Sie zu, was lehnen Sie ab? Schauen Sie auch mal über den Tellerrand Ihres Lebens und lassen sich von anderen Menschen inspirieren? Sind Sie eher ein fröhlicher Mensch, oder sind Sie meistens ernsthaft oder gar herzlich und liebevoll? Schimpfen Sie auf viele Dinge, die Ihnen nicht passen? Oder sind Sie da eher ganz entspannt, wenn mal etwas nicht so ist, wie Sie sich das eigentlich vorstellen?

Fragen über Fragen, die Sie sich ruhig einmal beantworten können, um hieraus die unterschiedlichen Facetten Ihres Daseins darzustellen. Es muss auch nicht immer alles stimmig sein. Das Leben kann auch aus Widersprüchen bestehen, die allesamt ihre Daseinsberechtigung haben. Sie können beispielsweise das Rauchen als Laster empfinden und trotzdem weiterrauchen. Wissen Sie, es kommt gar nicht darauf an, dass die Dinge alle perfekt sind und alles lückenlos ineinanderpasst. Nein, es ist wesentlich wichtiger, dass Sie das Gefühl haben es ist für Sie selbst in Ordnung, wie es ist. Sobald sich etwas nicht mehr so gut anfühlt, dann haben Sie ja Gott sei Dank die Möglichkeit, es selbst in die Hand zu nehmen und die Situation zu verändern. Nichts bleibt, wie es ist. Alles ändert sich. Wir unterliegen einem ständigen Wandel. Aber das ist auch gut so. Manches können wir bewahren und pflegen, anderes müssen wir loslassen und verabschieden. Manches können wir erreichen, anderes ist für uns unerreichbar. Das ist entweder so, oder Sie verändern diesen „das-ist-eben-so"-Zustand. Denken Sie daran: Sie haben es jederzeit in der Hand. Sie sind Schöpferin oder Schöpfer Ihres eigenen Lebens. An dem, wie das leben verläuft trägt niemand Schuld, Sie ganz allein sind der Künstler oder die Künstlerin, die Ihre eigenen Geschicke modellieren.

Der Facettenreichtum besteht also vor allem darin, dass Sie jederzeit die Möglichkeit all das zu erreichen, was Sie sich zum Ziel gesetzt haben. Wie der Weg dahin verläuft, liegt an den Beinen, die Sie tragen, sprich, an den

Gedanken, die Sie haben, um ihrem Leben eine bestimmte Richtung zu geben. Ist das nicht toll? Niemand kann Ihnen sagen, was Sie tun oder lassen sollen! Sie entscheiden, wer das darf und ob er das darf und in welcher Form er das darf. Entscheiden müssen Sie jedoch immer selbst, ganz gleich, was jemand von Ihnen will. Und darin liegt die Facette: Will ich die Blickrichtung ändern, muss ich nur eine Kopfbewegung machen.

Insofern wünsche Ich Ihnen, dass Ihre Wünsche und Träume aufgehen in dem Nährboden Ihrer Eigenmächtigkeit!

Der Autor

Ralf-Peter Nungäßer wurde 1964 als einziger Sohn der kaufmännischen Angestellten Annerose Nungäßer, geborene Döllefeld, und des Aufzugmonteurs Hans-Peter Nungäßer in Frankfurt am Main geboren. Nach der Lehre, Zivildienst, Abitur und den Studien der Mathematik, Sozialpädagogik, Erziehungswissenschaften und Philosophie begab er sich in die beruflichen Gesellenjahre als Pädagoge. Der Doktorand der Kulturwissenschaften an der FernUniversität Hagen ist leidenschaftlicher Familienmanager, Pädagoge und Autor von Fachbüchern, Fernlehrgangscurricula, Blogs und unveröffentlichten Manuskripten. Zusammen mit seiner Frau und ihren gemeinsamen fünf Kindern lebt er in Portugal und sucht nach der absoluten Freiheit.

Impressum

© 2020 by NUNI-NEWS –
Ralf-Peter Nungäßer
Portugal, Póvoa E Meadas

ENDE

Mehr Informationen auf unserem
NUNI-NEWS-Blog unter:

https://nungaessersnews.wordpress.com

Vielen Dank für Ihren Besuch!